恋ひとすじに

赤川次郎

双葉文庫

目次

プロローグ …… 7
1 朝の電話 …… 14
2 花から花へ …… 24
3 突然の午後 …… 37
4 予想外 …… 49
5 手探り …… 63
6 仕事の話 …… 77
7 日々の顔 …… 97
8 夢かうつつか …… 115
9 悲劇 …… 132

10 裏切り……146
11 孤独な夜……159
12 年越し……179
13 帰郷……196
14 川を求めて……212
15 右も左も……229
16 視点……244
17 波乱……259
18 隠れ家……278
19 協力態勢……292
20 行き止り……309
エピローグ……328

恋ひとすじに

プロローグ

誰も言ってはくれないが、滝田奈々子は至って惚れっぽい。

「あ、ちょっといいかも」

と思うと、どんどん突っ走ってしまう。

ただし、想像の中だけであるが。

だから、滝田奈々子に惚れられた男性は、一度もデートしない内に、奈々子が熱烈に恋し、身も心も捧げ（むろん想像の中で）、ついには振られて失恋するという結末を迎えて、わけも分らず恨まれていたりする……。

でも、「惚れっぽい」ってことは、「忘れっぽい」ことに通ずる。

滝田奈々子も、失恋したからといって、いつまでもメソメソしてはいない。次なる標的（?）を求めて、夜の都会をさまよい歩く――のかどうか。

ともかく、この夜、オフィスビルの谷間を歩いていたのは、別にさまよっていたのではなく、お腹が空いて、地下鉄の駅へと急いでいたのである。

駅に通じる地下道に、夜十一時までやっているカレー屋があって、仕事で遅くなると奈々子はよく食べに寄った。

腕時計を見て、

「うん、まだ十五分ある！」

と、しっかり肯いた。

だが——夜道に明るく地下鉄への下り口が見えて来たところで、

「失礼」

と、声をかけられた。

「——え？」

周囲を見回したが、奈々子以外にはその男しかいないので、自分が声をかけられたのだと分った。

仕方なく足を止めたが、

「ちょっとお訊きしたいことがあるんですが」

と言われて、

「あの、私、ちょっと——」

急ぐんですけど、と当然言おうとしていた。

しかし、そのとき、奈々子は相手のことを初めてしっかり見たのである。

スーツにネクタイ。年中、会社で課長の安物のスーツを見ている奈々子は、夜の暗がりの中でも、その男のスーツがかなり高級品であることを見てとっていた。

そして、スラリと長身のその男性。たぶん三十歳くらいか。つまり三十六歳の奈々子よりやや年下の印象だった。加えて、何より——いい男だった！

「お急ぎですか」

と、男が言った。

「あ……。いえ、別に」

と、奈々子は言っていた。「何か？」

「この辺にお勤めの方ですか」

と、男は言った。

「ええ、まあ……」

何かのセールスマンだろうか？　でも、こんな時間にセールスに回らないだろう。

「もしかして——この近くに〈XYZ株式会社〉っていう……妙な名ですが、そういう会社、ご存じありませんか？」

「は……」

奈々子は、一瞬迷ったが、「あの……本当にそういう名前ですか？」

と訊き返した。

「そう聞いて来たんですが」

「たぶん、それ……うちの社のことだと思います」

男は目を見開いて、

「あなたの勤め先？」

「いえ――本当の社名は〈ＡＢカルチャー〉って言うんです。〈カルチャー〉って、〈Ｃ〉でしょ？　だから、よく〈ＡＢＣ〉って省略します」

「でも、僕が聞いたのは〈ＸＹＺ〉ですが」

「もしかして、うちの社員とか、元社員からお聞きになったんでは？」

「といいますと？」

「〈ＡＢＣ〉って名のってるくせに、給料安いし、人づかい荒いし、オフィスの机や椅子はボロだし。それで、社員の間じゃ、『〈ＡＢＣ〉なんてでたらめだ。一番最後の〈ＸＹＺ〉だ！』ってことになってて。長い付合の業者に電話やメールするとき、わざと〈ＸＹＺ株式会社〉って書いたりするんです。――あ、もちろん、もしかしたら、この辺に本当に〈ＸＹＺ〉って社名があるのかもしれませんけどね。でも、私は聞いたことないです。もう十年以上勤めてますけど」

「なるほど」

と、男は笑った。「いや、きっとあなたの会社のことですね。お仕事は……」

「教育関係です」

と、いつもの通りの説明。

でも大したことじゃなくて、文房具の製造販売をしている中小企業である。ま、「教育関係」で嘘じゃないが。

「そうですか」

と、男は肯いて、「ずいぶん遅くまでお仕事をされてるんですね」

「まあ……忙しいので」

と、奈々子は適当にごまかして、「でも、何のご用で？　もう社には誰もいませんが」

「当然ですね。僕は……」

男が名刺を取り出した。

「どうも……」

奈々子も、習慣で自分の名刺を出していたが――。

〈湯川昭也〉という名前に、〈P商事　取締役〉という肩書を見て、一瞬自分の名刺を差し出すのをためらってしまった。

〈P商事〉といえば、総合商社として、日本有数の大企業だ。しかも、この若さで〈取締役〉？

しかし、湯川という男、さっさと奈々子の手から名刺を取ると、

「ほう、〈品質管理部〉の課長補佐。さぞお仕事ができるんでしょうね」

爽やかに言われたのでなければ、〈いやみ〉かと思うところだが。

「いや、お引き止めしてすみません」

と、湯川は言った。

「いえ、別に……」

「オフィスはどのビルですか？」

「はい、あの……向うに窓が明るくなってるビルがありますね」

「ええ、あの超高層ビルの中ですか」

「いえ、その一つ向うの超低層ビルです」

湯川は奈々子の言葉にふき出してしまった。

「ありがとう。――いや、滝田さん……ですね。面白い方ですね」

「よく言われます」

「では、改めて〈XYZ〉いや、〈ABC株式会社〉に伺うことにします。そのときお目にかかれれば」

「はあ……」

「失礼します」

湯川は、ていねいに言うと、足早に――近くに停っていた黒塗りのハイヤーに乗り込んで去って行った。

「——何だろ？」

と、首をかしげる。

こんな時間に、しかも〈P商事〉の取締役が……。

「狐に化かされたのかしら」

と、奈々子は呟いたが……。

しまった！　カレー屋が閉る！

奈々子は地下鉄への階段をめざして、猛然と走り出したのだった……。

1　朝の電話

早朝の電話はろくなことがない。

これは別に奈々子でなくても通じる真理だろう。朝六時に電話してくるというのは、よほどのことだ。

奈々子は、

「何よもう……」

と、ブツブツ言いつつ、ベッドから手を伸して、鳴っているケータイをつかもうとしたが、つかみそこねて床へ落っことしてしまった。

「ああ！　本当に……」

文句を言う相手もいない一人暮し。ベッドから何とか這い出すと、ケータイを拾い上げた。

母からだ。

「はい、もしもし……」

と、大欠伸しながら言った。「お母さん？」

「どうして出ないのよ！」

いきなり怒られてしまった。

「出たでしょ」

「さっきから何十回もかけてるのに！」

「そんなこと言ったって……。ゆうべ遅かったのよ」

奈々子の実家は農家なので、ともかく朝が早い。

「どうしたの？」

「とんでもないことになってね……」

と、母、滝田かね代はため息をついた。

「お母さんの『とんでもないこと』は、年に十回も聞いてるわ」

と、奈々子は言った。「で、今度は何なの？」

「久美なんだよ」

「久美がどうしたの？」

久美は奈々子の妹である。十一歳年下の二十五歳。母が三十五で産んだ。

年齢が離れているので、小さいころは奈々子を母親みたいについて回っていた久美である。

「駆け落ちしたんだよ」

と、かね代が言った。

「駆け落ち？」

さすがに、奈々子も目が覚めた。「でも――誰と？」

あの小さな田舎町に、駆け落ちするような相手がいただろうか？

「それが分らないのよ」

「じゃ、どうして駆け落ちって分るの？　ただの家出かもしれないでしょ」

「手紙が置いてあったの。〈彼と二人で幸せになります〉って書いてあってね。お父さんはカンカンだし……。お前、ちょっと帰って来てよ」

「待ってよ。そんな、急に言われても……」

奈々子はブルブルッと頭を振って、「ともかく、ちょっと待って。目を覚ましてから、かけ直す」

「お父さんはお前でないと言うこと聞かないから」

「お母さんが言ってやんなさいよ。もう久美は二十五よ。好きな相手ぐらいいたって当り前でしょ」

「お前から言ってやってくれ」

「ともかく……少し待って。ね？」

何とかかね代をなだめて、通話を切ると、奈々子はパジャマを脱ぎ捨てながら、バスルームへと入った。

三階建の〈マンション〉——といっても、事実上はアパートに近い。

奈々子は、ここの三階の部屋を借りている。

「ああ……」

ウーンと伸びをして、バスルームへ入ると、シャワーを浴びて目を覚ました。

「久美ったら……」

バスタオルで体を拭きながら、チラッと鏡の中を見た。

久美は高校生のころから目立って可愛く、父にも母にも似ていないので、当人も半ば本気で、

「私、他の赤ちゃんと取り違えられたんだ、きっと」

と言っていた。

奈々子はといえば……。

「お父さんとお母さんの悪いとこばっかり似た」

と、よく恨みごとを言ったものだ。

鏡に映ったわが姿を見ると、

「そう悪くないよね」

と呟く。

まあ、三十過ぎてからめっきり太った。お腹の辺りは、どう目をそらしても「太め」と言うしかない。

加えて生れつきの丸顔。「若く見える」とはよく言われるが、「可愛い」とは言われない。

「あーあ……」

お母さんに電話しなきゃ。かけないと、またかかってくるだろう。

バスタオルで体を拭きながらバスルームを出ると――。

「お姉ちゃん、おはよう」

目の前に、ジーンズ姿の妹が立っていた。

「久美！」

と、目を丸くして、「どうやって入ったの？」

「玄関の鍵、かかってなかったよ」

と、久美は言った。「何か着たら？」

奈々子は自分が裸なのに気付いて、あわててベッドの方へ駆けて行った。

「――いきなり、もう！」

と、文句を言いつつ、「お母さんから電話あったのよ！」

「だろうと思った」

「何よ！　駆け落ちって、誰と？」

「駆け落ち？　私が？」

「違うの？」

あわててTシャツを着ると、「だって、あんたの手紙に……」

「お姉ちゃん、太ったね」

と、久美は腕組みして、奈々子を眺めながら言った……。

今日は土曜日で、会社は休み。

「ちゃんと狙って出て来たのね」

と、奈々子は言った。

「もちろん」

久美はせっせとハムエッグとトーストの朝食を取りながら言った。

滝田奈々子のマンションの向いの喫茶店では、土曜日も〈モーニングセット〉があり、卵料理とトースト、コーヒーで六百円。

奈々子はしばしば利用していて、

「お腹空いて死ぬ！」

と訴える妹、久美を連れて来たのである。

「――全く、びっくりさせて」

と、奈々子も、のんびりとトーストをかじりつつ、「で、誰と駆け落ちしたの？　彼はどこにいるの？」

久美は笑って、

「やだ！　あんな町に、駆け落ちするような男、いるわけないでしょ」

「でも、お母さん、あんたの書き置きに――」

「〈彼と二人で幸せになります〉ってね。別に決った彼じゃないの。これから誰か見付けて、ってことよ」

「何だ……」

奈々子は息をついて、「じゃ、お母さんにそう言わないと。――ともかく、二、三日泊ってく？」

「私、もう帰らない」

久美はアッサリと言った。

「帰らない、って……。じゃ、どうするの？」

「お姉ちゃんとこに置いてよ。これから仕事捜すわ」

と、久美は至って呑気である。

「そんな勝手な……」

「そりゃ勝手よ。家出して来たんだもの」

「あんたね……。お父さんがカンカンになって怒るよ。ぶん殴られる」

「いいよ。殴られても、殺されなきゃ」

「久美……」

「お姉ちゃんの所に置いてくれないんだったら、どこか住み込みで働ける所、捜すわ。一人だもん。何とかなるでしょ」

甘い、と叱るのは易しいが、言葉は軽いものの、久美の口調にはただごとでない決心の固さが感じられた。

「コーヒー、もう一杯もらおう。追加していい?」

「いいわよ」

奈々子は、久美がウェイトレスを呼んで「コーヒー、もう一杯」と頼むのを見ていた。

「別料金になりますけど」

と、ウェイトレスは眠そうな顔で一応念を押した。

「ええ、それでいいの」

奈々子は、ウェイトレスの方を向いた久美が、一瞬、素早く涙を拭くのに気付いた。

久美ったら……。それほどの覚悟で出て来たのか!

考えてみれば、奈々子だって親の言うことを聞かずに東京へやって来たのだ。もちろん、しっかり就職もしたし、家へ仕送りもしている。

久美が、

「お姉ちゃんは東京へ行ったのに、どうして私はだめなの?」

と思ってもふしぎはない。

故郷には故郷の良さがある。何年か東京にいれば、色々と汚れた所も見えてくるだろう。でも、ともかく今は……。

「――分った」

と、奈々子は言った。「ともかく、お姉ちゃんの所にいなさい。仕事捜すなら、慎重に。焦って、とんでもない所に行かないようにね」

久美の顔が、まるで白熱灯みたいにパッと明るくなった。

「本当? お姉ちゃん!」

「お父さんとお母さんには私が電話するわ。ま、しばらく居てごらん」

「お姉ちゃん、大好き! キスしていい?」

「やめてよ! 冗談じゃない」

奈々子の方が赤くなっている。

「でも……お姉ちゃん」

「何よ」

「ときどき泊りに来る男の人とか、いないの？」

「――何、それ？」

「だから、恋人とか、不倫相手とか」

「いませんよ。あんた、私がもてないことを知ってて、からかってるの？」

「違うよ！　お姉ちゃんみたいなすてきな人に、どうして彼氏がいないのかな、って思って……」

「調子のいい奴！」

奈々子はふき出してしまった……。

2　花から花へ

「うん！　ここはもういい」

と、久美は肯いて、「次は六階の〈F〉！」

「まだ回るの？」

奈々子は息をついた。

奈々子だって、こと買物に関しては「疲れを知らない」自信がある。特に、都会生れで都会育ちの女の子たちに比べれば、脚力では負けない。

しかし、今の久美にはとてもかなわなかった。しかも、久美は初めて、この「若者たちのファッション」の最先端と言われるビルへ来たのだ。

それでいて、

「二階の〈M〉ではアクセサリー、三階の〈P〉ではブラウス……」

と、しっかり目当ての店が分っている。

「あんた、よく知ってるわね」

と、奈々子が呆れながらも感心していると、

「今はパソコンとスマホで、何でも分るのよ」

と、アッサリ言われてしまった。

久美はかくて、まるで蝶のように「花から花へ」飛び回っているのである。

もちろん、ほとんどは見て回っているだけで、自分では小さなアクセサリーや下着などを買ったぐらいだが。

ついて歩いている内、奈々子は、妹がどんなにこういう「現実」に憧れていたのかを思い知らされた。

今は目がくらんでいるだけだ。でも、そういう時も必要なのだろう。

「──お姉ちゃん、疲れた?」

と、久美が足を止める。

「まあね」

と、奈々子は言って、「久美。上京記念に何か一枚買ってあげるわ。選びなさい」

「え? いいの? やった!」

あてにしていたことは、即座にワンピースを手に取ったことでも分ったが、腹は立たない。

──買物の予行実習(と、久美は言っていた)は、たっぷり夕食時間まで続き、

「じゃ、今夜は〈Q〉に行って食べましょ」

つい、奈々子も気が大きくなった。

「え？　あの人が密会をスクープされたお店？　凄い！」

奈々子から見れば、そんなことを知っていることの方が「凄い！」が。

一応、都内でも一流店と言われているイタリアンの店。むろん、奈々子は常連というわけではない。

前に、〈ABカルチャー〉の社長のお供で接待に使ったことがあるというだけ。

幸い、店はテーブルが空いていて、二人、華やかにさざめく店内で落ちつくことができた。

「ワインも飲んでいい？」

「もちろん。でも、そこそこの値段のにしてね」

こういうレストランでは、しばしば食事全部よりワイン一本の方が高かったりする。

久美も、姉の懐具合に気をつかってか、メニューの選択も、ほどほどの線で決めていた。

「――おいしい！」

パスタを一口食べて、「あの町の駅前のスパゲッティとは全然違う！」

「ま、好きなだけ食べな」

と、奈々子は笑って言った。

――故郷の両親には、奈々子が電話をした。二人とも怒ってはいたが、ともかく久美が姉の所に落ちついていると知って安心したようだった。

先のことは先のことだ。奈々子もワインを飲んで、ちょっといい気持に酔っていた……。

「うーん……」

久美が唸っているのは、食べ過ぎて苦しいから――ではなくて、デザートの並んだワゴンから、どれを選んだらいいのか、悩んでいるからである。

「お姉ちゃん、いくつ選ぶ？」

「三つぐらいかしらね」

「じゃ、私は四つ！」

「そんなことで競争してどうするのよ」

と、奈々子は苦笑した。

ともかくそれぞれ選び終って、ホッとひと息ついたときだった。

奈々子と久美のテーブルはレストランの奥の方で、その後ろには個室のドアが三つ並んでいた。その一つが激しい勢いで開いて壁に当って大きな音をたてたのである。

店内の客のほとんどが、音のした方を振り向いた。

すると——中から若い女性が飛び出して来たのである。きちんとスーツを着たその女性は、ハンカチを顔に押し当てて泣いていた。そして、駆け出すとレストランから出て行ってしまおうとした。

その個室から、後を追って背広姿の男性が現われて、

「おい、待てよ！——ミカ！」

と呼んだ。

しかし、もうそのときには、女性の方は泣きながら出て行ってしまっていた。

男性は追いかけそうな素振りを一瞬うかがわせたが、こんな所で見せる姿ではないと思ったのと、客たちの視線が自分へ向いていることに気付いたせいだろう、個室の中へ戻ってドアを閉めてしまった。

「お姉ちゃん、今の……」

と、久美が目を丸くして、「こういうお店でも、女の人が泣いたりするんだ！」

「何を感心してるのよ」

と言いながら、奈々子は首をかしげていた。

今の男性を、どこかで見たことがあるような気がしたのだ。

でも——こんなレストランに、めったに来られないのだから……。

デザートの皿が出て来て、二人はそちらに専念した。

支配人らしい男性が、二人のテーブルのそばを通って、さっきの個室へと入って行く。ドアを閉めるとき、

「湯川様……」

と、支配人が言うのが聞こえて、奈々子は、

「ああ……」

と、思わず声を上げていた。

「お姉ちゃん、どうかした?」

「いいえ。何でもない。このプリン、おいしいと思ってね」

「うん! 私も選んで正解だと思った」

――湯川。この間、夜帰るときに出会った〈ABカルチャー〉を訪ねて来た男。

湯川昭也といった、〈P商事〉の取締役。確かにあの男性だ!

まさかこんな所で。――しかも、女性を泣かせていた。

そういえば、あの後、会社へやって来たという話は聞かない。あれから二週間ぐらいたっているだろうか。

二人がコーヒーを飲んでいると、あの個室から湯川が一人、姿を見せて、ことさらにゆっくりとレストランから出て行った。

「――何だか偉そうな人だったね」

と、久美が言った。

「そうね……」

あのときは、感じのいい人だと思ったのだが。

ま、私には関係ないわ。――奈々子はそう考えつつ、コーヒーを飲み干した。

「ああ！　夢みたい！」

と、久美はバッグを振り回しながら言った。「お姉ちゃん、大好き！」

「分ったから、足下、気を付けて」

と、奈々子は言った。

明日は日曜日だから、この分だと、二人とも夕方まででも寝てしまいそうだ。

ワインのせいで、少し顔がほてっている。レストランを出て、二人は少し遠回りして公園の中を通っていた。

秋も後半、夜風は冷たいが、今はそれも心地良かった。

公園の広い池に沿って歩いて行く。――少々肌寒いような気候だから、アベックの姿もない。

「お姉ちゃん、私……」

と、久美が言いかけたとき——。

ザブン、と水音がした。

「——今の、何？」

二人で顔を見合せる。

すると、暗い池の方から、

「助けて！」

と、声がしたのだ。

「お姉ちゃん！」

目をこらすと、水面から白い手が出て、パシャパシャと水をはねている。

「まあ」

奈々子が唖然としていると、

「お姉ちゃん、これ持ってて！」

久美がバッグを奈々子へ押しつけて、靴を脱ぐと、池に向って駆け出した。

「久美！」

びっくりした奈々子が呼んだときには、久美は池に向って身を躍らせていたのである。

「びっくりさせないでよ」

と、とりあえず奈々子は妹に向って文句を言った。

「何よ」

と、久美は口を尖らした。

「ま、よくやった、と言っとくわ」

久美が溺れかけていた女性を助けたのだから、そう叱るわけにもいかない。

「素直じゃない」

と、久美は言って、バスタオルで髪を拭った。

公園の池で溺れそうになった女性を助けて、当然久美もずぶ濡れになっていた。

一一九番して、救急車に女性を乗せ、奈々子たちはマンションへ帰って来たのである。

タクシーで帰って来たのだが、運転手がいい人で、濡れねずみの久美を乗せても、いやな顔をせず、人助けしたと聞いて感心し、

「料金まけてあげるぜ」

と言ってくれた。

ありがたかったが、そこはちゃんと料金を払い、奈々子は、

「シートを濡らしてすみません」

と謝った。

「なに、ビニールシートだから大丈夫」

と言ってくれて、ホッとした……。

「――そうか。あんた、プールの監視員やってたね」

と、奈々子は言った。

風邪を引いてはいけない、と久美をすぐ風呂へ入れた。

「充分あったまった？」

「うん。平気だよ。それより、お姉ちゃんが買ってくれたワンピース、大丈夫？」

「そっちが気になるの？」

と、奈々子は苦笑した。

「でも、相手も大人だものね。ちょっと大変だった。私が受けたの、子供を助ける訓練だったから」

「でも、そう水を飲んでないみたいだったじゃない」

救急車の人に後を任せて来てしまった。――もちろん、奈々子が病院まで付合うわけにはいかなかったのだが。

「お姉ちゃん」

久美がパジャマ姿でソファにかけると、「あの女の人……。もしかして、あのレストランから泣きながら飛び出してった人じゃない？」

奈々子はコーヒーをいれて持って来ると、

「あんたもそう思った？　何しろ公園の中、暗かったからね。よく分らなかったけど……」

「服のブランドが同じだった」

「よく見てるわね」

と、奈々子は苦笑した。

「もしかして、あの男の人に別れ話を切り出されて、あの池に飛び込んだのかも……」

「でも、死のうと思って飛び込んで、『助けて！』って叫ぶ？」

「うん、そうか……」

「もちろん、あり得ないことじゃないけどね。フラフラと飛び込んでから、あわてて助けを求める、ってことも」

「間違って落ちたか……」

と、久美はちょっと首をかしげて、それから付け加えた。「あるいは、突き落とされたか」

「ちょっと……。物騒なこと言わないでよ」

と、奈々子は眉をひそめて、「私、あの男の人、知ってるの」

「え？」

久美が目を見開いて、「お姉ちゃんと三角関係だったの？」

「誰もそんなこと言ってないでしょ！　あの人、湯川さんっていって、〈P商事〉の取締役なのよ」

「へえ！　ずいぶん若くない？」

「年齢まで知らないけど、若く見えるわね」

「でも、〈P商事〉って大手でしょ？　どうしてお姉ちゃんがそんな人、知ってるの？」

「別に……。仕事でちょっと会ったことがあるだけよ」

と、奈々子は言った。

詳しく話すほどのことでもない、と思ったのだ。

「それより、明日はどうするの？　何時に起きるか決めといた方がいいんじゃない？」

「明日は、もちろんディズニーランド！」

「ええ？　本気？」

「冗談よ。のんびり昼まで寝て、起きてから考える」

「ホッとしたわ。せっかくの休日に、ディズニーランドで行列するのかと思ったら……」

奈々子は伸びをして、「私もお風呂に入るか」

奈々子がのんびりお風呂に入って出て来ると、久美はぐっすり眠っていた。――奈々子のベッドを占領して。

奈々子はソファで眠るはめになったが、久しぶりの妹と二人の夜に、結構いい気持でいたのである……。

3　突然の午後

昼まで寝て――どころではなかった。

ケータイが鳴って、奈々子は目を覚ましたのだが、時計を見て、もう三時になっているので、びっくりした。

「あ――もしもし」

と、ソファに起き上って、「いたた……」

「どうしたの？　もうトシ？」

同僚の中尾ルリだった。

奈々子より三つ四つ年下だが、見たところ若くて「弾けてる」感じの子なので、もっと下に見える。

「ソファで寝てたせいよ」

と、奈々子が言うと、

「え？　じゃ、もしかして男と愛し合って、そのまま眠ったとか？」

言い方が、久美にも似ている。

「そんなんじゃないわよ。妹にベッドを占領されたの」

久美が突然やって来たことを説明して、「――で、何か用だったの？」

「そうだ！　肝心のこと、忘れるところだった。ね、極秘情報、仕入れちゃった！」

「何よ、それ？」

「うん――」

と言いかけて、「ちょっと今、近くに知り合いがいるんで話しにくいの。出て来ない？」

「どこへ？　今起きたのよ」

「これから遅いお昼を食べるから、待ってるわ」

ここから二十分ほどのショッピングモールだというので、

「分ったわ。――でも、何なの？　もったいぶらないで」

「内緒！　でもね、今日の内に絶対知っといた方がいい！」

「どういう意味？」

「会ったときに！　じゃ、待ってるわよ！」

「ルリ！　――もしもし」

もう切れていた。「何よ、一体？」

首をかしげたものの、中尾ルリはいい加減なことを言う人間ではない。その点、同僚として働いて来て、奈々子はルリを信じていた。

ルリがあれほど言うのだから、確かに大ニュースなのだろう。しかし、その内容は奈々子にはまるで見当がつかなかった。

そこへ、

「ウォー……」

と、ライオンの咆哮の如き声と共に、久美が寝室から出て来た。

「起きたの？　シャワーでも浴びたら？」

「おはよ。——お姉ちゃん、何でこんな所で寝てたの？」

ソファに枕と毛布があるのを見て、ふしぎそうに言う。

「あんたね……。それはないでしょ。ベッドに大の字になって寝てられたら、こっちが入る隙間はない」

「あ、そうか」

久美は呑気に肯いて、「言ってくれりゃ、私、こっちで寝たのに」

「けとばしたって起きなかったでしょ」

「え？　けとばしたの、私のこと！」

「たとえば、の話よ！　そんなことするわけないでしょ。早く仕度して」

「朝食は？」

「午後三時だよ！」

と、奈々子は言った……。


「やっぱり人が多いね、東京って」

ショッピングモールへ入って、久美は感心していた。「あの町のスーパーと比較にならない」

「比較する方が無理よ」

奈々子は、中尾ルリに電話した。

「——あ、奈々子。今ね、ちょっと人に会ってて。少し待ってくれる？」

「うん。どこで？——ああ、ロビーに〈S〉があるから、そこにいる。妹と一緒なの。ケーキでも食べてるわ」

「分った。十分もしたら行くから」

奈々子は久美とコーヒーショップの〈S〉に入った。セルフサービスなので、久美を座らせておいて、飲物とサンドイッチを買う。久美の注文である。

トレイにのせて運んで行くと、久美が、

「ちょっとトイレに行ってくる」

と、立ち上った。

「あ、ロビーに出て、右に少し行くとあるわよ」

奈々子は自分のカフェラテに砂糖を入れ、ゆっくりと飲んだ。——自分もサンドイッチをひと切れつまんだ。

ここでのルリとの話が終ったら、銀座へ出ることにしていた。

「雨にならなきゃいいけど……」

外はどんよりした曇り空だった。もちろん、こうしてモールの中にいると、外がどうなっているのか分らないが。

ケータイが鳴った。——誰からだろう？

「はい？」

と出てみると、

「滝田奈々子さんでいらっしゃいますか？」

と、女性の声。

「そうですが……」

「私、M病院の浜口といいます」

M病院？　かかった覚えはないが。

「あの、私に何か……」

「ゆうべ、溺れそうになった女性を助けて、救急車を呼んで下さったんですね」

「あ……。はい、そうです」

「救急隊員の方から、この番号を聞いて、かけています」

「分りました」

確かに、「連絡先を」と訊かれて、ケータイ番号を教えた。

「あの女性は、水を吐いて、無事でした」

「それなら良かったです」

「滝田さんは、あの女性をご存知ですか？」

「知り合いか、という意味ですか？　いえ、全く……」

「そうですか」

と、浜口という女医は残念そうに、「実は身許の分るものを何も持っていないので、ご家族などに連絡できないんです」

「でも……本人に訊けばいいのでは？」

「できればそうします。ただ、本人がショックのせいか、記憶を失っていて」

「え？」

「自分の名前も思い出せないというんです。それでお電話したんです」

「はあ……」

「すみませんでした。突然のことで」

「いえ……。回復するといいですね」

「ええ。記憶を失っているのが、一時的なものだといいのですが。——どうも、お邪魔しました」

てきぱきとした口調で、いかにも「プロ」という印象の女性だった。

「——そんなこともあるのね」

と、ケータイをバッグへしまう。

すると——。

「お姉ちゃん！」

振り向いて、びっくりした。久美が青ざめて立っている。

「どうしたの？」

「人が……血流して倒れてる」

「何ですって？」

「女子トイレで……。今、騒ぎになって……」

奈々子は立ち上った。ロビーのトイレの辺りに人が集まっている。

「ここにいて。見て来るわ」

奈々子は小走りに急いだ。

若い女の子たちが、女子トイレの入口から少し離れて固まっている。

奈々子は、

「誰か、人を呼んだ？」

と、声をかけたが、誰も答えない。

中だろうか？　――奈々子は入口から覗いて、ドキッとした。

うつ伏せに倒れているスーツ姿の女性。その下に血だまりが広がっている。

しかし――奈々子が息をのんだのは、そのスーツに見憶えがあったからだ。

「まさか……。ルリ……」

こわごわ近寄って、そっと顔を覗いた。

「ルリ……」

血だまりに半ば顔を浸して、見慣れたルリが空《うつ》ろに目を開けて倒れていた。

「こんなこと……」

一体何が？　――奈々子は、女子トイレからロビーの方へ向くと、

「誰か！　ここの係の人を呼んで！」

と叫んだ。「早く！　救急車も！」

駆けつけて来るガードマンの姿が見えた。

――とんでもない日曜日になったわ、と奈々子は思った。

「お姉ちゃん……」

と、久美が言った。

「なあに?」

言葉が少し間のびする。

「私……」

「うん?」

「亡くなったお友達には申し訳ないけど……お腹空いた」

妹にそう言われて、奈々子も気が付いた。

「そうね……。もう夜か」

あのショッピングモールでサンドイッチをつまんでいるとき、事件が起きたのだ。

奈々子の〈ABカルチャー〉での同僚、中尾ルリが女子トイレで刺し殺されたのである。

ルリは、奈々子に、何か「極秘情報」がある、と言って来た。それが何だったのか、分らない内にルリは殺されてしまった。

しかし——〈ABカルチャー〉はただの文房具メーカーである。どう考えても「仕事絡み」で人が殺されるなんて考えられない。

でも、「現場近くに居合せた」、それも「会う約束をしていた同僚」というので、滝田奈々子は、久美ともども警察へ行くことになった。

そして、

「被害者とはどういう仲だったのか？」

「どういう用件で会うことになっていたのか？」

「被害者が、奈々子の前に会っていたのは誰なのか？」

「中尾ルリを恨んでいた人間に心当りは？」

など、など……。

答えられることにはすぐ答えたが、答えようがないことには答えなかった。

ともかく正直に話をした。——刑事の方も、現場に居合せた人たちの話で、奈々子や久美が犯人でないことは分っていたようで、そう「問い詰める」ようではなかったが、それでも、夜になって、やっと解放されたときは二人ともグッタリ疲れていた。——そして、タクシーで家の近くまで帰って来て、「お腹が空いていた」ことを思い出したのである。

二人は、奈々子のマンションの少し手前でタクシーを降りて、ファミレスに入った。

「私、何でもいい……」

と、久美は言ったが、

「それじゃオーダーにならないよ」

結局、〈今日の定食〉を、おかずが何かも確かめずに注文した。

「でも……気の毒だったね」

と、久美が言った。

「ありがとう」

「――何が?」

「だって、あんたルリのこと知らないじゃない。でも、『気の毒』って言ってくれたから……」

「いくつだったの?」

「ルリ? たぶん……三十二、三?」

「もっと若い感じがした」

「派手なの、着るものとか化粧とか。でも、気のいい奴なのよ。ああ……。ご両親に電話するのが辛かった!」

ルリも、地方から上京して一人暮しだった。奈々子は何年か前、ルリと旅行して、ルリの家に泊めてもらったことがあり、両親のことを知っていた……。

――定食は十分足らずで出て来て、二人は黙々と食べ、食べ終るころには大分元気になった。

一つ、奈々子が気にしていたのは、例の「極秘情報」のことを、警察に話さなかったことだ。しかし、話しても、どういう情報か全く分らなかったのだから……。

それに、あのルリの口調から考えても、殺人の動機になるような深刻な話とは思えない。

これでいい。——これでいいんだわ。

ただ、明日出社して、中尾ルリの死は、おそらくもう知れ渡っているだろうが、発見したのが奈々子と久美だと分ったら、色々訊かれるに違いない。

考えただけで、気が重かった……。

4　予想外

地下鉄の駅から地上へ出た所で、奈々子は目の前を歩いて行く、少しうつむき加減の後ろ姿に気付いた。

「林さん」

と呼んでも、すぐに返事はなく、足どりを速めて並ぶと、「林さん、おはよう」

「あ……。滝田さんか」

やっと気付いた様子で、「おはよう……」

と、聞こえないくらいの声で言った。

「林さん。——聞いた？」

林の様子を見れば分った。もともといつも疲れているようなタイプなのだが、今朝は特にそうだった。

「うん……」

「ルリのこと……。ひどい話よね」

「信じられなかったよ。ゆうべＴＶのニュースで見て、呆然としてたら、社内のメールが届いた」

林克彦は四十に手が届くというところ。同じ〈ＡＢカルチャー〉の社員で、庶務にいる。中尾ルリが色々な雑用を頼みに行っていたのは、林が気さくで、頼みやすかったからだろう。

「あんないい人が……。ひど過ぎるよ」

林はそう言っただけで涙ぐんでいるようだった。奈々子は胸が痛んだ。

林はおよそエリートとか出世とは縁のない男である。独身で、見たところ、五十過ぎかと思われるほど、頭も薄くなり、口下手なこともあって、女性との噂はまるでない。

もともと営業に配属されたのだが、全く仕事ができず、クビになりそうだったのを、ちょうど庶務で辞める人間がいたので回されたのだった。

奈々子は、そんな自分の境遇を一向に恨むでもなく、黙々と庶務の雑用をこなしている林のことが気に入っていて、ルリともども、たまにお昼に誘ったりしていた。

林がルリの死にショックを受けているのは当然だったろう。

「きっと犯人は捕まるわよ」

と、慰めにならないことを言って、二人は〈ＡＢカルチャー〉へと入って行った。

いつになく静かに仕事をしていると、午前十時、突然、社内にアナウンスが流れた。

「社員全員、ただちに大会議室へ集合して下さい！」

びっくりした。社内放送なんて、奈々子だって聞いたことがない。

「課長、何ごとですか？」

と、誰かが訊いたが、課長の古田も、

「俺だって知らん」

と、仏頂面で言った。

もちろん、中尾ルリのことは、誰もが知っていたが、それでいちいち社員全員を集めないだろう。

「何だろうね」

と、互いに言いつつ、ゾロゾロと大会議室へ。

大会議室といっても、そう大きくない。

折りたたみの椅子が並べてあったが、人数分はないので、奈々子は壁ぎわに立っていた。

少しして、社長秘書の女性が、

「今、社長が」

とだけ言った。「少し待って下さい」

五、六分して、社長の朝井が入って来た。何だかいささか芝居がかった、もったいぶった様子である。

そして——社長に続いて入って来たのは、あの〈P商事〉の湯川だった。奈々子はびっくりした。

「ご苦労」

と、朝井が言った。「全員よく聞いてくれ。これはもう決定したことだ。そのつもりで」

いやな予感がした。みんな、不安げに顔を見合わせる。

「〈ABカルチャー株式会社〉は本日から〈P商事〉の子会社となる」

しばし、沈黙があった。朝井は咳払いして、

「わが〈ABカルチャー〉は、この数年、経営状態は決して良くなかった。私としては、創業以来、父から受け継いだこの会社を倒産させたくなかった。それで、あるご縁でこちらの〈P商事〉さんへ話をして、会社を存続させられるよう努力したわけだ」

誰しも初耳だったろう。

朝井に近い取締役や部長クラスが、びっくりしてうろたえているのが分る。

「それには、こちらの〈P商事〉の湯川取締役から絶大なお力添えをいただいた」

誰もが、無表情にスマホを見ている若い湯川へと目を向けた。

「——あれが取締役？」

「若いな」

という声がそこここで聞こえる。

「湯川さん、何かひと言」

と、朝井が促すと、湯川はスマホをポケットへ入れ、

「〈P商事〉はご承知の通り、世帯の大きな企業です」

と言った。「この〈ＡＢカルチャー〉をどういう形で存続させるか、それはまだこれから検討します」

要するに何も決っていないということだ。

「まあ、そう心配しないで下さい」

湯川は急にくだけた口調になって、「この会社が〈ＸＹＺ株式会社〉と呼ばれないようにはしたいと思っています」

みんながざわついた。朝井もびっくりした様子だ。

そして奈々子は湯川がはっきりと自分のことを見ているのに気付いていた。

昼休み、奈々子は林を誘って、ルリと三人で何度か食事したことのあるパスタの店に行った。

「とんでもない日だなあ」

と、水を一口飲んで、林が言った。「もちろん、中尾君のことだよ」

「分ってる」

奈々子は肯いた。

朝の内は、社内でルリの死が話題になっていたのだが、あの突然の召集があって、すっかりルリのことは忘れられてしまったのだ。

「会社がどうなろうと、僕のような下っ端は関係ないものな」

と、林は言って、「まあ……人員整理でクビ切りとかあれば……。僕は危いがね」

「心配してても仕方ないわ」

と、奈々子は言った。

「うん、そうだな」

パスタのランチを食べ終るまで、ルリの話はしなかった。

食後にコーヒーを頼んでから、

「ルリのご両親に連絡したの、私なのよ」

と、奈々子は言った。「ルリが殺されてるのを見付けたのも」

「何だって?」

林が目を丸くした。

奈々子が手短かに説明する。

「――じゃ、犯人が誰かは分らないんだね」

「ええ、もちろん。彼女、誰と会ってるのか言わなかったの」

「そうか……」

林は目を伏せていたが、「――滝田さん」

「え？」

「犯人が分ったら教えてくれ。思い切りぶん殴ってやりたい」

林の声に、珍しく怒りがこもっていた。

奈々子はテーブルの上の林の手に自分の手を重ねた。

「お通夜と告別式が決ったら、連絡してくれることになってるわ」

「うん……。ぜひ伺うよ」

林は再び力なく言った。

奈々子のケータイが鳴った。――誰だろう？

「もしもし」

と出てみると、

「やあ、〈XYZ〉さん」

湯川だ。――名刺を渡したから、このケータイも知っているのだ。

「どうも……」

「びっくりしただろうね、今日の話」

「ええ、まあ……」

「心配することはないよ。君がマイナスになるようなことにはならないから」

「どうも……」

それより、あのレストランでの出来事の方が、奈々子には気になっている。——あれは湯川の「彼女」だったのか？

ルリのことで忘れかけていたが、池に飛び込んで記憶を失ったという女性。

「あの——」

と、奈々子は言った。「仲の良かった同僚が亡くなったんです。それでちょっと落ちつかなくて……」

「聞いたよ。気の毒だったね」

「はあ……」

奈々子は、林がふしぎそうな顔で眺めているのに気付いた。

湯川は、

「今度一度夕食を付合ってくれ」

と誘って来た。

「でも……社員とはあまりそういうことをしない方が……」

「大丈夫さ。僕は別に君の会社の上司ってわけじゃない」

「それはそうですけど……」

「また連絡するよ。君もどこか夜を空けといてくれ」

「はあ……」

「何なら、一晩ずっとでもいいよ」

「それはちょっと……」

「焦ることはないがね。しかし、あんまりのんびり待っているのも、今の時代に合わないだろ」

約束はしなかったが、はねつけるわけでもなく、奈々子は通話を終えた。

「お友達？　男性だね」

と、林が言った。

「ええ。今日、会社に来てた〈P商事〉の湯川って人」

「あの若い取締役？　知り合いなのか」

「そういうわけじゃないわ。ちょっと会ったことがあるっていうだけ」

と、奈々子は肩をすくめて、コーヒーを飲んだ。

「滝田さんは優秀だ。リストラされることはないだろうね」

「私? どうかしら。もちろん、クビになったら困るけど」

そう。——今は妹の久美もいる。

収入ゼロになったら……。

奈々子は、とりあえず湯川と夕食ぐらいなら一緒に行っても悪いことはあるまいと思った……。


「ご苦労さま」

と、林が言った。「何か手伝えることがあれば言ってくれ」

「大丈夫。人手は足りてるわ」

と、奈々子は言った。

——殺された中尾ルリの通夜が斎場で営まれていた。

夜になって、風が冷たくなると、

「受付を中へ移しましょう」

と、斎場の人が言いに来た。

当然のことながら、奈々子は今夜の受付の一人だった。

机を運んでいると、林が駆けて来て、手伝ってくれた。

「ありがとう」

と、奈々子は言った。「まだお焼香は始まらないの？」

「ちょうど始まったところだよ」

と、林は言った。「ご両親を見てると辛いね」

「ええ。中に入らないで、ここにいるわ」

と、奈々子は言った。

とはいえ、中尾ルリはまだ若かった。知人といっても、東京にそう多くはなく、じきに奈々子たちも、受付を後に焼香に入って行った。

ルリの両親は放心したように座っていて、焼香した奈々子が一礼しても、気付かない様子だった。

ともかく正面の遺影を見るだけで、涙が出て来る。

ハンカチで涙を拭いながら受付に戻る。

もう今から来る人はいないだろう。——そう思っていると、コートをはおった男が二人やって来た。

「中尾ルリさんのお通夜ですね？」

「そうです」

「警察の者です」

と、男は言った。「会社の方？」

「はい……」

「社員で、林克彦さんという方はおいでですか」

奈々子は面食らったが、

「はい、おりますが」

「今、こちらに?」

「ええ、中にいます」

「ちょっと呼んで下さい」

「はい……」

奈々子は中を覗いて、「あの——今、ちょうどご焼香の最中で、林さんも並んでいます。すぐに終りますので」

「分りました」

と、刑事は肯いた。「では、すんだらここへ」

「はい……」

刑事が林に用とは? どういうことだろう?

奈々子は、林が焼香をすませたのを見ると、中へ入って行った。

「林さん」

と、席に戻ろうとする林に小声で、「受付に来てくれる」

「どうかした？」

「あの――警察の人が、あなたに会いたいって……」

「へえ」

林は当惑気味に、「何だろう？」

「さあ、分らないけど……。受付の所で待ってるわ」

「分った。コート、椅子にかけてあるんで、取ってくる」

「ええ」

奈々子は受付に戻ると、「――今来ますので」

と、刑事へ言って、振り向いたが……。

だが、林が出て来ない。首をかしげると、

「――我々のことを話しましたか？」

と、刑事が言った。

「ええ……。あの……」

「逃げたな！」

と、鋭い声で、「裏へ回れ！」

一人が駆け出して行く。

奈々子は、刑事が大声で、

「林克彦はどこだ！」

と、通夜の席へ怒鳴りながら飛び込んで行くのを、呆然として見ていた……。

5 手探り

「それじゃ、今まで警察にいたの?」

と、久美が言った。

「そう。――もうクタクタよ」

黒いスーツのまま、奈々子はソファに倒れ込んだ。

「災難だったね」

「うん……。でも、どうして林さんが……」

「その人がルリさんを殺した、ってこと?」

「まさか! あんなにおとなしい、いい人が……」

もちろん、奈々子だって子供ではない。どんなにおとなしい善人でも、カッとなって、あるいは憎しみのあまり人を殺すことはあるだろうと分っている。

しかし、あの林が……。

ルリが林と付合っていたのではないか、と奈々子は刑事にくり返し訊かれた。

しかし、全く心当りはなかった。ルリとはあれだけ親しかったのだ。女同士、ルリが林と付合っていたら分らないはずがない。

刑事は、そんな説明では納得しなかった。

奈々子が「林を逃がした」と、何度も責められた。

そんなつもりはなかった、とくり返し話して、やっと帰してくれたのである。

しかし、もう夜中の十二時近く。

林は結局姿をくらましてしまった。——どういうことだろう?

「大丈夫?」

と、久美に訊かれて、

「お腹空いて、死にそう……」

と言った。

着替えると、財布を手に、久美と二人、近くの〈24時間営業〉のファミレスへ行って食事にありついた。

やっと落ちついて、コーヒーを飲んでいると、ケータイが鳴った。

「——もしもし」

と、店の外へ出て、「林さん?」

「すまない。迷惑かけたんじゃないか」

と、林は言った。

「まあね。――どうして逃げたりしたの？　ルリと付合ってたわけじゃないでしょ」

「うん……。僕はね、前科があるんだ」

意外な話に絶句した。林は続けて、

「会社に入るときも隠してた。十代のころだけどね」

「何をしたの？」

「僕は――十七、八のころグレて暴走族に入ってた」

「まあ」

「一度、グループ同士の争いになって……。互いのリーダー二人で決闘しようってことになったんだ。その一人が僕で、素手でやり合う約束になっていた。だが、いざとなると相手がナイフで切りつけて来た。僕は腕を切られてカッとなり……。ナイフを奪い合っている内、相手を刺してしまったんだ」

と、林は言った。「相手は死ななかったが、重傷で、一生歩けない体になった。――僕は刑務所に二年入っていた」

「でも、更正したんでしょ」

「一度でも、そんなことになったら、世間じゃ相手にされないのさ。〈ABカルチャー〉にやっと拾ってもらえて、何とか過去を知られないようにしてた。目立たないように、と心がけてね。そのせいで営業から外されたが、それはそれでいいと思ってた。しかし……」

「刑事さんたちは、林さんに前科があることを調べたのね」

「問答無用で犯人にされちまう。怖かったんだ。すまない」

「私はいいけど……。どうするの、林さん」

「今は何とか身を隠してる。でも、長くは続かないだろう」

「逃げてちゃ、疑われるだけよ。ね、警察に行って、無実だって話して」

「むだだよ。もう僕が犯人だと決めつけてる。何日も眠らせずに、自白するまで訊問するんだ。——滝田さん。君にだけは信じてほしくてね」

「私は信じてるわ。ね、林さん——」

「ありがとう。君の親切は忘れないよ」

「待って！　林さん、聞いて……」

言いかけて、やめた。

もう切れていたのだ。

「もう……」

と、奈々子はため息をついた。

席に戻ると、

「どうしたの?」

と、久美が訊いた。

「うん……」

奈々子が林のことを話すと、

「じゃあ、その人、犯人じゃないのね」

「私は林さんの話を信じるわ。でも、私が信じてもね……」

ともかく、奈々子はくたびれて、眠りたかった……。


明日、話そう。

——久美は、姉がくたびれ切った様子なのを見て、そう思った。

それに——姉に、ちょっと言い辛い話でもあったのだ。

いつまでも遊んじゃいられない。

久美は、姉の奈々子に甘えているつもりはなかった。

「仕事を見付けなきゃ……」

奈々子は、

「私がいい所を捜してあげる」

と言ってくれているが、覚悟の家出をして来た以上、久美としては「自分の仕事は自分で見付ける！」という気持だった。

むろん、ネットでも捜すことはできる。しかし、信用できるかどうか、ということになると……。

そして、奈々子が「夜はお通夜で遅くなるから、一人で何か食べてて」と言ったこの日、夕方から都心へ出た。

「むだ使いしちゃいけない……」

と、自分に言い聞かせたものの、ちょっと洒落たレストランにフラフラと引き寄せられるように入ってしまった。

一人で、こんなレストランで食事する！

それはちょっとしたスリル（？）だった。

〈今日のコース〉というのがあったので、迷わないですむと思ってそれを頼んだ。そして、ワインも……。

そう。――これからずっと東京に住むのだ。こんな雰囲気にも慣れなくちゃ。

椅子にゆったりと座り直し、久美はレストランの中を見渡した。

夕食には少し早いせいか、まだ半分ほどしか席が埋っていない。

オードヴルの盛り合せが来て、アッという間に食べてしまう。ワインを一口飲んで、

「おいしい！」

と呟いていた。

スープを待っていると、店の入口辺りで何人かやって来て、店の人間と話をしているのが目に入った。

何かあったのかしら？――少しして、スープが来ると、久美はゆっくりと飲み始めた。じっくり味わうに足る味だった。

すると――。

「お客様」

と、そばで声がした。

「――は？」

自分が話しかけられたと気付くのに、少しかかった。

店の支配人というのか、黒服に蝶ネクタイの男性が立っていた。

「お食事中、申し訳ございません」

「何か？」

「実は、今TV局の取材が……。少し時間が早かったので、まだ来ないと思っていたのですが、お騒がせして」

「ああ。――そうですか。私は別に……」

「ありがとうございます。それで、突然ですが、お客様の召し上っておられるところを、撮りたいと言っておりまして」

「私――ですか？」

久美が面食らっていると、ちょっと派手な上着の男性がやって来て、

「お邪魔してすみません！」

と、やけになれなれしく、「いや、店の雰囲気にぴったりの可愛い人がいると思いましてね。いかがでしょう？　そのまま食べててくれればいいんです。勝手に撮らせてもらいますから」

呆気に取られている久美が返事もしない内に、大きなカメラを肩にのせたカメラマンが久美の正面にやって来て、ライトが当る。

「すぐ終りますから！　いいでしょ？　ね？」

いいも悪いもない。久美はおかしくなって笑ってしまった。

「あ、いいなあ、その笑顔！　モデルさんか何かですか？」

「まさか……。冗談やめて下さい」

結局、撮られることになってしまった。

しかも、「そのまま食べていればいい」はずが、

「あ、もう少し顔を上げて下さい！　――そうそう。次の料理は？　ステーキ？　じゃ、それを撮りましょう。ちょっと髪型を……」

あれこれ、うるさい注文がつく。

恥ずかしかったが、こんな経験も東京らしくていい、と久美は面白がってもいた。

何だか、味が分らない内に食べ終えてしまい、後から入って来たリポーターらしい女性が、店の紹介を始めて、やっとカメラに見られずに、久美はデザートを食べることができた。

「いやありがとうございました!」

と、男が名刺を置いて、「明日の夜の番組で。ぜひ見て下さい」

「はあ……」

TV局のスタッフは、来たときと同じようにせかせかと出て行って、久美はホッと息をついた。

「申し訳ありませんでした」

と、レストランの人が謝ってくれていると、さっき名刺を置いて行った男性が、一人で戻って来た。

「度々すみません!」

「はい?」

「あなたの連絡先、教えて下さい」

「え?」

久美は目を丸くした……。

——マンションに帰ると、奈々子はシャワーを浴びて、すぐ眠ってしまった。

久美は何だか気になっていた。あまり考えもせずに、名前とケータイ番号を、あのTV局の男に教えてしまったのだ。

「でも……別にどうってことないわよね」

と呟いて、久美はバッグからあの男の名刺を取り出した。

〈Nテレビプロデューサー　砂川良治〉

久美は、名刺を捨ててしまおうかと思ったが、迷った挙句、バッグへと戻した。

もちろん、もう二度と見ることはないだろうけど……。

「浜口先生、いらっしゃいますか?」

と、奈々子はナースステーションに声をかけた。

「どちら様でしょう?」

と訊かれて、

「滝田と申します。浜口先生からお会いしたいと言われて」

「は……」

あの、水に落ちたのを救った女性が入院しているM病院である。

女医の浜口泰子から電話をもらって、

「ご相談したいことが……」

と言われたのだ。

奈々子としては、たまたま助けただけなのだが……。

会社の帰りに、M病院に寄ったのだった。

「お待ち下さい」

看護師が、何だかふしぎそうに立って行った。

少しして、白衣の女性がやって来ると、

「浜口ですが……」

「滝田です、お電話いただいた……」

「滝田さん？　あなたが？」

と、浜口医師がびっくりしている。

「ええ、そうですけど」

奈々子は名刺を出して渡した。

「まあ……。どういうことかしら」

「どうしたんですか？」

「滝田さんという方が、夕方ここへみえて」

「え?」

「あの溺れた女の方を引き取って行かれたんです」

「そんな……」

奈々子は愕然とした。「私の名前を?」

「ええ、滝田奈々子さんとおっしゃって。どういうことなんでしょう」

「その入院していた人の名前とか、分ったんですか?」

「いえ……。でも、その人が『この人の身許が分ったので』とおっしゃって」

「まあ……」

話をして、奈々子が本物だと分ると、

「どうしましょう!」

と、浜口医師が青くなった。「まさか、そんなことが……」

誰かが奈々子の名前をかたって、あの女性を連れ出したのだ。

思いもかけない出来事に、奈々子も言葉がなかった……。

「じゃ、私に相談とおっしゃったのは……」

奈々子の言葉に、浜口泰子は肯いて、

「ええ。あの女性の記憶が戻るように、何か手はないかと思いまして」

と言った。「彼女が溺れていたときの、詳しい状況を伺おうと思ったんです。何か細かいことでも、それがきっかけになって記憶が戻ることはあるので」

ところが、問題の女性は、滝田奈々子と名のった女性に連れ出されていた。

「どんな女性だったか……。治療で忙しい最中だったので」

と、浜口泰子は首を振った。「今考えれば、うかつでした。もっとちゃんと身許を確かめれば良かったのに……」

M病院の治療室で、奈々子は話を聞いていた。

その女は、滝田奈々子と名のり、記憶を失った女の身許が分った、と言った。

「私、診察や治療で駆け回っていて、看護師から話を聞いただけだったんです。迎えに来た女のことは、患者を連れて行く後姿をチラッと見ただけで……」

「きっと、わざとお忙しい時間を狙って来たんですね」

と、奈々子は言った。

「そうだったんでしょうね。――私の責任です」

「いえ、そんな……。まさか、別人が迎えに来るなんてこと、誰も考えませんよ」

「ありがとうございます」

と、浜口泰子は言った。

「でも――人の名をかたるって、普通じゃありませんね」

と、奈々子は言った。

「ええ。犯罪ですね。誘拐として届けた方がいいんでしょうか」

浜口泰子としては、M病院がスキャンダルに巻き込まれることは避けたいだろう。

「それは何とも……。心配ではありますけど、たぶん今のことだけでは、警察は何もしてくれないと思います」

今は、ともかく様子を見るしかないと思った。

「何かあればいつでも」

と、浜口泰子が名刺をくれた。

プライベート用の名刺で、住所を見ると奈々子のマンションのすぐ近くだ。

「じゃ、一度お伺いします」

と、互いに言い合って、奈々子はM病院を出たのだった……。

6　仕事の話

「あ、本当に……」

と、久美がコーヒーを飲む手を止めて、「お姉ちゃん、TV、見て」

「え？――どうしたの？」

ソファで少しぼんやりしていた奈々子は、久美の声で我に返り、TVに目をやった。

「あれ……あんた？」

久美が、どこかのレストランでステーキを食べている。

「うん」

「何だってこんなこと？」

久美の説明に、奈々子はびっくりした。

「黙っててごめん」

「別にいいわよ。でも――結構見られるじゃないの、久美」

「そりゃあね。――ちょっと自信ついちゃった！」

久美はホッとしていた。姉から、

「うわついてる！」

と叱られるのではないかと思っていたのだ。

もちろん、番組はレストランを紹介するのが目的なので、女性リポーターがシェフにインタビューしたりする映像がずっと流れていた。

久美は、自分がそこそこ映っていたので満足していた。

「あんた、一人でこんなレストランに行って……」

と、奈々子は苦笑した。「せめて男と二人で行きなさいよ」

「そうだね」

と、久美は笑って、「お姉ちゃんと二人よりは、一人の方がいいかも」

「どうしてよ」

「親子に見られたかもしれないよ」

「こいつ！」

と、奈々子はにらんだ。

奈々子は、正直、妹のＴＶ出演より、病院から消えた女性のことが気になっていた。

彼女を連れ出した人間は、奈々子の名を使っている。ということは、奈々子たちがあの女性を救ったのを知っているということだ。

しかし、なぜそんなことを知っているのだろう？

そして、あの女性を何の目的で連れ出したのか。――奈々子は、いやな予感がした。

「あ、また出た」

お化けじゃあるまいし。――TVに、また食事している久美が映っていたのである。

撮られているとは気付かなかったが、カメラはズームして、画面一杯に、おいしそうに食べる久美の表情を捉えていた。

「あんたの食欲はよく出てるわね」

「否定はしない」

番組が終って、久美は他のチャンネルを見ていた。

「あ、ケータイが」

久美のケータイが鳴り出したのである。

「誰だろ？――はい、もしもし。――あ、どうも」

久美が目をパチクリさせている。「――ええ、見ました。私じゃないみたいで……」

どうやら、今のTV番組に係った人間かららしい、と奈々子は思った。

「え？――そうですか。――はい、分りました。捜して行きます。――どうも」

久美がポカンとしているので、

「どうしたの？」

と、奈々子は訊いた。

「さっきのレストランで……。Nテレビの砂川さんってプロデューサー」

「どうしたの、その人が？」

「Nテレビで仕事してみないかって。——明日、とりあえず局へ遊びに来てくれって言われた」

「ええ？　何だか怪しいわね。口説かれてんじゃないの？」

「そうじゃないと思うよ……」

久美としても、自信なげだった。

「いきなりテレビ局へ来い、なんて。——いいわ、明日の何時？」

「夕方過ぎなら、ずっといるって」

「このお姉ちゃんが同行してやる！」

と、奈々子は胸を張った。


「姉でございます」

と、奈々子は挨拶した。「妹がお世話になりまして」

「やあ、これはどうも」

現われたのは、三十代半ばの、ちょっと人なつっこい感じの男性だった。

「妹さんを勝手に撮って、申し訳ありませんでした！　いや、しかし昨夜の番組、とても評判が良くてですね。『あの食事している女性はアナウンサーか』という問い合せまでありました」

「恐れ入ります」

と、奈々子は言った。

奈々子も、テレビ局へ来るのは初めてだし、プロデューサーなる「生きもの」と会うのも初めてだった。しかし、以前にあるイベントに〈ABカルチャー〉が参加したとき、テレビ局の協力をもらって、スタッフと会ったことがある。

そのときも、「口が達者で、人当りはいい」と感心したものだった。

ただ、いかにも話し方や人との接し方が軽い。本気で話していると思えない印象があるのだ。

「妹に何かご用がおありで……」

「いや、決して無理にということじゃないんですが、あの番組は毎週、方々のレストランや料亭で収録していましてね。ただできている料理を映すだけじゃ面白味がないと思っていたんです。それが、妹さんの出演で、とてもうまく行ったので、これからの回でも、食事しているところを撮らせていただけないかと思いましてね」

砂川という男、本気ではあるようだ。

久美は、奈々子のそばで黙って座っていた。

「でも、妹はただの素人です。誰かタレントさんとかを起用された方がいいのでは？」

「それがだめなんです。タレントでは、見ている人が信用しない。もちろん、『まずいです』と言われては困るんですが、どれもこれも『おいしい！』と大げさに騒いで見せるのでは、誰も本当だと思いません」

「それは分りますけど……」

奈々子は久美の方へ、「あんた、どうするの？」

と言った。

十一歳も離れているとはいえ、久美も二十五歳の大人である。奈々子が「こうしろ」と決めるわけにはいかない。

「私は……おいしいもの食べられるなら、やってみても……」

「仕事なのよ。そうパクパク食べているだけじゃないでしょ」

「うん、それは分ってるけど……」

久美が、TVの仕事に思いがけず係れそうで、「やりたい！」と考えているのは分っていた。

「妹は今、職探しをしていまして、正式に勤める所が見付かるまでのアルバイトということなら……」

「それはありがたい！　次の回の収録がもうあさってに迫ってるんです。――久美さん、でしたね。ぜひ参加して下さい」

久美がゆっくり肯いた。

砂川の案内で、局の中を見て回った。

「このスタジオで、感想を話してもらうようにしようかと思ってます」

と、砂川は言って、「――あ、ちょっと失礼」

ケータイに出て話している砂川から少し離れて、

「久美。あくまでバイトよ。こういう世界に入ったような錯覚を起さないでね」

と、奈々子は言った。

「私だって馬鹿じゃないわ。分ってるわよ」

「そうね。あんたはしっかりしてるから……」

廊下を、揃いの衣裳の男たちが七、八人やって来る。ドラマで戦争物でもやるのか、昔の兵士のような格好。

「何だか、普通のオフィスとはやっぱり雰囲気は違うわね」

と、奈々子は言った。

兵士姿の男たちがすれ違って行く。

奈々子は、その男たちの一番後ろを歩いている男と、チラッと目が合った。

――はて？　どこかで見たような……。

首をかしげた奈々子は、次の瞬間、びっくりして息を呑んだ。

今の男の人――林さんだ！

唖然として立ち尽くしている奈々子に、

「お姉ちゃん、どうしたの？」

と、久美がふしぎそうに声をかけた。

しかし、奈々子はすぐには返事ができなかった。――本当に今のは林だろうか？

警察に追われているのに、TVドラマのエキストラをやっている？

「でも……確かに……」

と呟いていると、

「大丈夫？　どうかしたの？」

と、久美が心配そうに姉の額に手を当てて、

「――熱はないわね」

「何してんのよ。ちょっと横になる？」

「本当？　どこかで……立ちくらみ」

「大げさよ。もう何ともない」

と言ったが、二人の会話を耳にした砂川が、

「局の中に、徹夜仕事の社員が泊る部屋があるんです。そこで横になっては」

と言い出した。

「いえ、私、もう何とも……」

と、奈々子は辞退したが、何だか分らない内に、〈宿泊室〉という所へ連れて行かれてしまった。

「後で迎えに来るからね」

と、久美は砂川と行ってしまい、奈々子は、

「どうなってるの？」

と呟きながら、ベッドの並んだその部屋の中を見回していた。

仕方なく、ベッドの一つに横になると、他に誰もいないので、ぼんやり天井を眺めている内に……。

いつしかウトウトしていた。

目を開けると、こっちを覗き込んでいたのは──。

「キャッ！」

と起き上る。「──林さん！」

さっき見た、兵士姿の林である。

「やっぱり林さんだったの。びっくりした！」

「こっちもだよ」

と、林が言った。「どうしてここに？」

奈々子が久美のことを説明して、

「それより林さんこそ……」

「いや、偶然なんだ。行くあてもなくて、この局の近くを歩いてたら、お巡りさんが見えてね。つい目の前のTV局の裏口に入っちまった。そこへマイクロバスでやって来た男の人たちが、エキストラらしくて、ゾロゾロ中へ入ってったんで、僕もそれにくっついて……。いつの間にやら、この格好で」

「大胆ね！　でも、まさかTVドラマのエキストラやってるとは、誰も思わないわね」

「日当ももらって、助かったよ。他のエキストラの人たちと一緒に出ようと思ってる」

と、林は言った。

「でも、林さん、そうやって逃げてても、何も解決しないわ。本当の犯人はあなたのおかげで安全なわけだし」

「うん、分ってる」

と、林は肯いた。「僕も苦しいんだ」

「そうよね。ごめんなさい、私が勝手なことを――」

「いや、そうじゃない。君の言うことが正しいってのは分ってる。ただ――前科のある人間にとって、警察ってのはとても恐ろしい所なんだよ」

「林さん……」

「僕はその恐怖と戦ってる。きっといつか、それを克服できると思うんだ。そのとき、堂々と警察へ行って、自分が犯人じゃないと主張できるだろう」

「でも、あまり長い間じゃ……」

「分ってる。そんなに時間はかからないよ。待っていてくれ。そのときは君に予《あらかじ》め報告するから」

「分ったわ」

奈々子は林の手を握って、「私は林さんを信じてる」

「ありがとう……」

林の目は潤んでいた。

「もう行った方が。私、ついて行ってあげるわ」

「でも――」

「その方が疑われないでしょ。林さん、その格好で帰るわけじゃないんでしょ？」

「ああ。何だか戦争中のシーンを撮っててね。どこかのジャングルでさまよってる兵士の役らしいんだ」

と、林は笑って言った。

奈々子は林と一緒に〈宿泊室〉を出た。

「でも、私がここにいること、よく分ったわね」

「たまたま見てたADさんがいたのさ。具合が悪くなったと聞いて……」

「そうじゃないの。あなたを見てびっくりしてたのよ」

「何だ、そうだったのか」

林は廊下へ出て、「この先で着替えて、エキストラは全員帰るんだ。でも僕は登録してるわけじゃないからね。どこか途中でうまく脱け出すよ」

そのときだった。

「おい、君！」

と、大声で叫ぶ声がして、振り向くと、局の人間が二人、駆けて来る。

「しまった！　ばれたかな」

と、林が顔をそむける。

「君だ、君だ」

と、一人が息を弾ませて、「捜してたんだよ」

「あの……収録は終ったんじゃゃ……」

「うん、そうなんだけど、ディレクターの八田《はった》さんがね、モニターを見てて、『こいつを連れて来い!』と言い出してね」

「はあ、私が何か……」

「ともかく一緒に来てくれ」

と、林の腕を取る。

しかし、どうやら警察へ引き渡されるわけではないようだ。

それでも、奈々子は林のことが心配で、ついて行くことにした。

収録していたスタジオに入ると、モニターに、林たちエキストラの兵士たちが映っている。

「八田さん。こいつですか?」

と、声をかけた相手は、四十五、六という感じの、いかにも切れそうな男。

「やあ、君だ。間違いない」

八田というディレクターは、林の肩をつかんで、「いや、モニターで見ていてね、君が兵士たちの中で、実に目立つんだ」

あまり目立っちゃ困るんだけど、と奈々子は思った。

「ちょっと見てごらん」

と、八田が林をモニターの前に連れて行った。

奈々子も林の後について行く。

「さっき収録した場面ですね」

と、林が言った。

ジャングルのセットの中を、疲れ切った兵士たちがヨロヨロと歩いている。

「腹がへった……」

「水をくれ……」

「もう……歩けない」

と、口々に嘆いている。

「見りゃ分るだろ?」

と、八田が言った。「どいつを見ても、栄養たっぷりで、肌がツヤツヤしてる。口じゃああ言ってるが、とてもじゃないが飢え死にしそうにない」

「それはまあ……」

と、林が言った。「仕方ないですよ。みんな今の人たちですから」

「しかし、見ろ!」

画面に現われたのは、林だった。げっそりとやつれ、無精ひげのせいで、本当に疲れ切って見える。

奈々子には分った。——演技じゃないのだ。林はともかく「逃走中」なのである。

その雰囲気がにじみ出ているのだ。

しかし、八田はまさかそんなこととは思いもしないようで、

「君は本物の敗残兵に見える。うん！　君は貴重な人間だ」

「どうも……」

と、林は言った。「でも、ただのエキストラですから……」

「いや、『ただのエキストラ』などではない！　君の演技には魂がこもっている！」

「はあ……」

「君、名前は？」

「は……。あ……名前ですか？　ええと……」

考えなきゃ出て来ないというのも妙なことだが。

林はチラッと奈々子の方を見ると、

「名前は――滝田といいます。滝田克夫」

ちょっと！　私の名を勝手に――。

奈々子は文句を言いたかったが、そんなことをしたら、林を警察へ突き出すようなものだ。

「滝田君か！　君、どこか劇団に所属してるのか？」

「いえ、どこにも……」

「じゃ、許可を取る必要もないな」

「——許可とは?」

「君を、このドラマのレギュラーにする」

と、八田は言った。

「それは——困ります!」

林はあわてて言った。

「何か出られない事情でも?」

「私は役者じゃありません! 演技なんか全くできません」

「そんなのは、どうにでもなる」

と、八田は平然と言った。

「ですが——」

「芝居はね、特にTVの場合は、技術より心だ。君にはその『心』がある」

と、八田は自信満々で、「どうだろう?」

「はあ……」

「ちゃんとギャラも出る」

「ですが……」

指名手配中の人間が、TVにレギュラー出演?

「聞いたことない……」

と、奈々子は思わず呟いた。

勢いというのは怖いものである。

八田というディレクターの熱意にすっかり押し流された感じで、何と指名手配中の林は〈滝田克夫〉の名で、ドラマのレギュラーになるべく契約してしまった。

「明日は、ジャングルの中で兵士が疲労のあまり幻を見るシーンだ」

と、八田が言った。「これこそ、君の個性が活きるシーンだ！　頼むよ！」

「はあ……」

林はまだ半ば呆然としている。

「明日は朝九時に来てくれ。詳しいことはADが説明する」

「分りました……」

——奈々子は林と二人になると、

「どうするの？」

と言った。

「いや……。どうするって……」

「こんなこと……。でも、もしかしたら……。そうね。捜す方も、まさか林さんがTVに出てるなんて思わないでしょ」

「そうかな……。まあ、こういう顔だったら、誰だか見分けがつかないだろうけど」

ジャングルをさまよっている兵士という役どころだから、確かにみんな似たように見えるだろう。

「仕方ない。ともかく、今夜はもらったギャラでどこかに泊って、明日ここへ来てみるよ」

「しっかりね」

励ますのも妙なものだが……。ともかく、

「私、妹のことがあるから……」

「うん、僕は着替えるよ」

と、二人は別れたのだった。

廊下をキョロキョロしながら歩いていると、

「お姉ちゃん！」

と、久美の声がした。

廊下の奥で手を振っている。

「――何してたの？」

と、奈々子が訊くと、

「お姉ちゃんこそ！　見に行ったらもう寝てないし」

久美に引張られて、スタジオの一つに連れて行かれた。

「迷子の姉を見付けました」

と、久美が言った。

「何よ、迷子って……」

プロデューサーの砂川が、

「いや、ぜひ見ていただきたいと思いましてね」

と言った。

「何でしょう？」

「これです」

砂川が見せたのは大型のモニターテレビで、そこには——何と、久美が真直ぐカメラを見て映っていたのである。

「七時のニュースです。今日未明、東名高速道路で車三台による玉突き事故があり、乗っていた三人が死亡しました……」

と、ニュースを読んでいる。

「これ……まさか……」

と、奈々子が言うと、

「もちろん、本放送じゃありません」

と、砂川が言った。「ためしに久美さんに読んでもらったんです。いかがです？　さ、

す」

「カメラ写りもいい。ぜひ、久美さんにリポーターとして加わっていただきたいんで

「はあ……」

まになってるでしょう?」

奈々子は久美を見た。——言葉にするまでもない。久美の表情と目の光は、

「お姉ちゃん、いいでしょ? お願い!」

と言っていた。

仕方ない。——今日は勢いに流される日なのかもしれない。

「ご迷惑かけないようにするのよ」

奈々子は、そう言うのがやっとだった……。

7 日々の顔

昼休みを告げるチャイムが鳴って、奈々子は頭を左右へかしげた。

ずっとパソコンを見つめていると肩がこるのだ。——さ、お昼だ、と立ち上ると、ケータイにメールが着信した。

妹の久美からである。

〈今日、スポンサーの人と食事するから、遅くなる！ 久美〉

またね……。

奈々子はちょっと肩をすくめて、そのままオフィスを出た。

「たまにはいいか……」

いつも行列して入る定食屋にも少々飽きた。少しぜいたくをして、イタリア料理の店に入った。パスタのランチなら、そう高くない。

「ボロネーズを」

と、オーダーして、先にコーヒーをもらう。

「ああ……。疲れた」

つい、口から出てしまう。

特別忙しいというわけではないのだが、〈ABカルチャー〉が、例の湯川が取締役をつとめる〈P商事〉の子会社になって、首切りなどはないが、微妙に仕事のやり方が変ったり、承認をもらう相手が違って来たりしていて、それはそれで疲れるのだった。

もっとも、湯川は〈ABカルチャー〉には週に一、二度顔を出すだけで、奈々子も、このひと月、ほとんど口をきいていなかった。

そろそろ暮れも近くなって、仕事はこれから忙しくなる。来年春の学校の新学期に向けて、年内にやっておくことが山ほどあるのだ。

それにしても……。

何かあっても、何もなくても、日々は過ぎて行くものだ。

妹の久美は、TV局へ行った、あの翌日からリポーター役の特訓を受けて、毎日駆け回っているようだ。

初めに言っていた、「レストランのリポート」だけではおさまらず、あの砂川というプロデューサーに気に入られてか、他の番組でも短いリポートを担当するようになっている。

実家の両親も、奈々子の話を聞いてびっくりしていたが、実際に久美がTVに出ているのを見て、あまり連絡して来なくなった。

奈々子としては、久美が今の仕事を楽しんでいるのだから、と自分を納得させている。

そして、もう一つの心配は、中尾ルリを殺した犯人が分っていないことである。

いや、警察は林が逃亡しているので、犯人と決めつけているのだろう。しかし、本当の犯人は他にいるはずだ。

そして当の林だが——。

八田というディレクターに見込まれてドラマに出演しているのだ！

無精ひげを生やした、敗残兵という役なので、見分けがつかないのかもしれないが、それにしても……。

滝田克夫の名で、ほぼ毎回出番があって、しかも林は結構ちゃんと役をこなしている。

「どうなるんだか……」

心配してみたところで仕方ない。

スパゲティが来て、せっせと食べていると——。

「失礼」

と、声がした。「滝田奈々子さんですね」

「——は？」

顔を上げると、コートをはおった中年男が立っている。

「そうですが……」

「N署の武川《たけかわ》といいます」

「刑事さん？」

「ちょっとお話が。──お休みのところ、すみませんが」

「いえ……」

中年男、と言う以外に表現のしようのない地味なタイプ。昔の刑事物のドラマに出て来そうだ。

「どうぞ召し上っていて下さい」

と、武川という刑事は言った。「私もこんな洒落た店で食べてみたいです」

「はあ……」

「しかし、安月給でね」

と、武川はコーヒーだけ注文した。

「あの、私に何か……」

「ええ、お友達の中尾ルリさんのことです」

「何か手掛りが？」

「手配されている林はまだ発見されていません。立ち回りそうな所があまり見当らないんですよ」

まさかTVドラマに出ているとは思うまい!

「それで――」

と、武川はコーヒーを一口飲んで、「あなたは林が犯人じゃないと思っておられるそうですね」

「あ……。はい」

と、奈々子は肯いた。「一緒に仕事をしている身として、林さんがあんなことをするとは思えないんです」

「なるほど」

武川はコーヒーに砂糖をスプーン三杯も入れて、「疲れていると、つい甘くしてしまいますね」

「はあ……」

「林に前科があることはご存知ですか?」

「それは……」

「しかし、ずいぶん若いころの話なんですよ。林が逃げたのは、前科があるということで、犯人と決めつけられるのを恐れたのではないかと思います」

奈々子はちょっと当惑した。

「では、林さんがやったんじゃないと?」

「いや、そうはっきりは言えません。警察の人間の前から逃走したというのは、何といってもまずかったですね」

「はあ……」

「しかし、私はあのときには別の事件に係っていましてね。手配された後に担当になったんです。一見して、大丈夫かな、と思いました。林が逃げたのが、前科があるせいだったとしたら、他に犯人がいることになります」

奈々子は武川の言葉に嬉しくなって、シャンパンで乾杯を——というわけにもいかなかったが、

「きっとそうです！　林さんはルリのことをとてもやさしい女性だといつも言っていたんです。殺すなんて……」

「そうですね。それで、犯行の動機をまず考えてみたかったんです」

と、武川は言った。

「これが……現実なんだ」

と、林は言った。「そうだ。俺の周りはジャングルで、もう誰もいない。生き残ったのは俺一人か……」

疲れ切った表情の敗残兵が、もう一歩も動けなくなる。

「ああ……。ここで休もう……」

林はゆっくりと地面に横たわった。「そうだ。もうどこへも行かないぞ……。ここで、眠ろう……」

林はゆっくり目を閉じると、

「おやすみ、母さん……」

と、呟くように言って、体の力が抜ける。

――長い沈黙があって、

「カット!」

という声がスタジオの中に響いた。「OK!」

林はホッとして起き上った。

立ち上ると、ディレクターの八田が駆け寄るようにやって来て、

「すばらしかったよ!」

と、林の手を固く握った。

「ありがとうございます」

林としては、役者でもないのに、妙な気分だった。

ともかく、これで林は死んでしまうわけで――ドラマの中ではだが――出番も終った。

「いや、ご苦労さんだった」

と、八田が林の肩を叩く。「君のおかげでドラマに厚みが出たよ」

「はあ……」

「ともかく、君もずっとその格好だ。大変だったね。ひげを剃って、さっぱりしてくれ」

「どうも……」

「ギャラはどうする？」

「できれば現金でいただければ……」

「分った。君が着替えている間に用意しとくように言っとく」

「ありがとうございます……」

そう大した金額ではないにせよ、とりあえず何日かは過せるだろう。

——林は衣裳を脱いで、シャワーを浴びると、洗面台の鏡を見た。

そこに映っているのが自分の姿だとは思えないようだ。

ひと月ほどの間でしかなかったが、林は「別の人間」になるという経験を初めてしたのだった。

そして今、鏡を見ると、まるで以前の自分と違う人間のような自分の姿があった。

「俺は……滝田克夫だ」

と呟く。

本当にふしぎだった。

〈ABカルチャー〉の庶務で、単純な事務をこなしているだけだった林は、TVで演技をすることなど、考えたこともなかった。

自分にそんなことができるとも、思いもしなかったのだ。

だが、成り行きでやってみた敗残兵の役は林の心境に近いせいもあったかもしれないが、見る者を感動させたのだった。

俺が役者？——林は笑ってしまいそうだったが、同時に、今まで知らなかった、どこか高揚した気分、誇りといったものが自分の内に生まれていることを感じた。

俺にも何かがやれる。——そう感じたのは初めてだった。

「そうだ」

林は、ケータイで滝田奈々子へかけた。

「——まあ、終ったの？　お疲れさま」

と、奈々子はいつもの通りに言ってくれた。

「私もね、あなたに話しておきたいことがあるの。今夜、食事しない？」

「ええ、ぜひ！」

林は嬉しかった。——待ち合せの約束をして、身支度をして控室へ行くと、

「やあ、スッキリしたね！」

八田が待っていた。

「どうも……」

「経理には言ってある。受け取ってくれ」

「はあ、どうも」

「それでね、滝田君」

「何か?」

「今、局のプロデューサーから話があってね。君に今収録してるドラマに出てほしいと言うんだ」

林は唖然として言葉を失っていた……。

「他のドラマに出るの?」

話を聞いて、奈々子はびっくりした。

——若者でにぎわう、イタリア料理の店。

高級店というわけではなく、パスタは大盛り、ピザは巨大、という「安くてお腹一杯になる店」で人気だった。

こういう店の方が目立たない、と思ったのだ。何といっても、林克彦は目下指名手配中なのだから!

少々大声を出さないと話が聞こえない、という不便さはあったが、その代り、どんな話をしていようが、周囲の誰も気にしない、というメリットがあった。

「いや、こっちがびっくりだよ」

と、林は大皿のパスタを取り分けながら、「局のプロデューサーが、ドラマの中で『生活に疲れたサラリーマン』をやる役者を探してたんだって。それで、あの敗残兵をやってる僕を見て、ピンと来たって……」

「ちょっと微妙ね」

と、奈々子は笑って言った。

「でも、君の話してくれた、その武川って刑事のこと、力づけられるよ」

「ええ。あなたを犯人と決めつけないで、中尾ルリを殺す動機のある人間を調べてみるって」

「本当の犯人が見付かってくれるといいな」

と、林は言った。

「あ、ワイン、もう少し飲む?」

奈々子も、明るい気分になって、少し酔ってもいいか、と思っていた。

パスタとピザで、いい加減満腹になった奈々子は、改めて林を眺めた。

「——何だい?」

と、林がふしぎそうに、「僕の顔に何かついてる?」

「いいえ。——あなた、変ったわ」

「変った?」

「ええ。ほんのわずかの間に、違う人になったみたい」

と、奈々子は言った。「刑事さんが今のあなたを見ても、手配中の林さんだって分らないかもしれないわ」

「まさか……」

「本当よ! あなたの表情がとても輝いてるの」

林は少し照れくさそうに、

「いや……。僕もね、実は自分が変ったって気がしてるんだ」

と言った。「あのドラマで、敗残兵の役をやってると、自分が別の人間になるってことの楽しさを覚えてね。——変だよな、演技の勉強なんてしたこともないのに」

「少しも変じゃないわ。あなたに隠れた才能があった、ってことよ」

「それは分らないけど……」

と、林は言った。「他のドラマの話を聞いたとき、何だかワクワクしたんだ。今まで、感じたことのないときめきみたいなものをね。いい気なもんだけど」

奈々子はワインのグラスを取り上げて、

「やってごらんなさいよ」

と言った。「これはあなたの人生の転機かもしれないわ」

「ありがとう。そう言ってくれると……」

「さあ、乾杯しましょ」

「うん。――何に乾杯する？」

「もちろん、『役者、滝田克夫に』よ！」

林は笑って、奈々子とグラスを触れ合せた。


「ありがとうございました」

タクシーが走り去るのを、一礼して見送ると、久美はホッと息をついた。

頬が熱い。冷たい風が快かった。

久美の隣には、Nテレビのプロデューサー、砂川が立っていた。

「疲れたかい？」

と、砂川が訊く。

「ええ。だって、スポンサーの接待なんて、したことないんですもの。何を話していいのか、さっぱり……」

久美と砂川は、バーの中へ戻った。

スポンサーの重役二人を見送って、ホッとしたところだ。

「いや、あれでいいんだよ」

と、砂川は言った。「君のような若い子があんまり口が達者じゃ、却っておかしい。自然にしてる方がいいのさ」

「若い子、って……。もう二十五ですよ」

と、久美は言って、「いやだ、今になって酔いが回って来ちゃった」

「緊張してたんだろ。明日は夕方から出てくれればいいよ」

砂川はそう言って、「送ろう」

と立ち上った。

外に出ると、

「少し歩きたいわ」

と、久美は言った。「顔がほてってるから、気持いい」

「それじゃ……」

二人はぶらぶらと歩き出したが……。

少し人通りのない辺りに来ると、どっちからというわけでもなく、二人は抱き合って唇を重ねた。

「――遅くなっても大丈夫」

と、久美は言った。

「二時間くらいしかないよ」

「それで充分だわ」

二人はしっかり肩を寄せ合い、足取りを速めた。久美は砂川の、やさしい気配りにすっかり魅せられていた。

もっとも、家庭のある砂川の本当の気配りとは何なのか、久美にはそこまで考える余裕はなかった。


林と別れて、奈々子はマンションへ帰って来た。

もちろん、タクシーなどもったいない。そう遅くないので、電車で帰ったのである。

そしてマンションのロビーへ入ると——。

「やあ」

ロビーのソファに、湯川が座っていた。

「湯川さん！　あの——何かお仕事の約束がありましたっけ？」

奈々子はちょっと焦った。

「いや、そうじゃないよ」

湯川は笑って、「この近くのレストランで会食があってね。ふっと君のことを思い出して、寄ってみた」

そんな……。湯川がこのマンションを知っていることもふしぎだった。

「この時間だ。食事はすませて来たんだろうね。どうだい、食後の一杯を付合わないか?」

「はあ……」

奈々子はためらったが、

「少し仕事の話もあるんだ」

と言われると、断りにくい。

「それじゃ、ちょっとだけ……」

ということになった。

さすが、若いとはいえ取締役で、運転手付きの車が、近くで待っていた。

車で十五分ほど走って、ホテルのバーに入ることになった。

「いいワインがあるんだ」

と、湯川は言った。「一杯ぐらい大丈夫だろ?」

本当は、もう充分飲んでいたので、ためらったが、返事をしない内に、湯川がさっさと注文してしまった。

「忙しいだろう」

と、湯川は言った。

「これから来年の新学期にかけては、いつも大変です」

と、奈々子は言った。

ワインが来て、

「じゃ、乾杯」

と、湯川がグラスを手にする。

「はあ……」

何に乾杯するのか、よく分らないまま、奈々子は一口飲んだ。

ワインの味が、そう分るわけではないが、さすがにおいしいと思った。

「お仕事の話って……」

できるだけプライベートな話にしたくなかった。

何といっても、あの池に落ちて記憶を失った女性のことが引っかかっている。

M病院から彼女を連れ出した女は、〈滝田奈々子〉と名のっていた。

その後どうなったのか。——奈々子も探偵ではなく、日々の仕事に追われて、そのままになっていた。

「うん、実はね、年明けに辞令が出ると思うんだが」

と、湯川は言った。「君は課長になる」

「——え？」

面食らって、「古田課長は……」

「ここだけの話だが、古田君は体を悪くしていて、これから忙しくなる時期に耐えられないと言って来た」

「課長がそう言ったんですか？」

およそそんな様子ではなかったが……。

「そうなんだ。まあ、誰も知らないことだがね」

「はあ……」

まさか嘘でもあるまい。——課長？

「君なら充分にやれる」

「はあ……。何とか……」

「じゃ、グラスをあけよう。さあ」

促されて、奈々子はほとんど無意識にグラスを手にしていた……。

8 夢かうつつか

え？　――いつの間に眠っちゃったんだろ、私？

トロンとした目を何とか開けると――。

カーテンの隙間から明るい光が入っている。

でも……ここ、マンションじゃない！

「どうして……」

ベッドの中で身動きして、びっくりした。

下着姿で寝ていたのだ。

「私……どうしたんだろ？」

湯川に連れられて、ホテルのバーに。そこでワインを飲んだ。――一杯だけのつもりが、成り行きで二杯……。

でも、その後は？

憶えてない。――こんなことって……。

「目が覚めました?」

と、女性の声がして、驚いた。

カーテンが開けられると、ホテルの一室らしいことが分る。

そして、カーテンを開けたのは……。

「気分はどうですか?」

スーツ姿の女性に、何だか見憶えがあった。

「あの……失礼ですけど、どちら様……」

と、奈々子が言うと、

「白衣でないから分らないですよね」

「白衣……。あ! M病院の」

「浜口泰子です」

あのときの女医さんだ。

「あの……どうしてここに……」

と、奈々子は言った。

「ゆうべ、学会のパーティがあって」

と、浜口泰子は言った。「私も出席してたんです。それで、パーティの後、偉い先生たちについて、上のバーに行ってたんですけど。そこで、急に意識を失った人がいて、見るとあなたでした」

「そうですか……」

「ご一緒だったのは、どなた？」

「男の人ですね。あの……」

湯川とバーに行った事情を説明すると、

「そうでしたか。その方は、予めこの部屋を予約しておいたようでしたよ」

「じゃあ……」

「あなたをここへ連れて行くから大丈夫、とおっしゃってましたけど、私が『少し様子を見ないと』って言って……」

と、浜口泰子は言った。「そしたら、たまたま私がご一緒してた大学教授が、その方の知り合いだったんです。で、その方もあなたを私に任せないわけにいかなくなって……」

「じゃあ……」

「服を脱がせたのは私です。ご安心を」

「ありがとうございました！」

と、奈々子は言った。「ずっとついていて下さったんですか？」

「ええ。どうせもう一つベッドがあるので、そちらでゆっくり寝ましたわ」

と、浜口泰子は微笑《ほほえ》んだ。

「ああ……。何だか目が回るみたい」

と、頭を振る。

「あんな風に突然酔いつぶれること、あります？」

「いいえ。初めてです」

「じゃあ、たぶん……証拠はありませんけど、あの男性があなたのグラスに薬を入れたんじゃないでしょうか」

「薬を……」

「そう強い薬でなくても、アルコールで飲むと、効果があります」

「そんなことが……。本当に助かりました」

「お仕事に行かれるなら、シャワーでも浴びて目を覚ました方が」

「そうします。——充分間に合います」

奈々子は、急いでバスルームへ入ると、熱いシャワーで目を覚ました。

すぐにマンションに戻れば、それから出勤しても間に合うが……。

それにしても、湯川が、そんなことを。

「用心しなきゃ」

と、バスタオルで体を拭きながら、奈々子は呟いた。

少し遅刻すると会社へ連絡を入れた奈々子は、

「課長が来てないんです」

と、部下の女性から聞いて、

「お休み？　そんなこと言ってなかったわよね」

「ええ、連絡もないんですけど……」

「できるだけ早く行くわ。十時までには行けると思う」

と言って、奈々子は切った。

一旦マンションに戻らないと、着ていたスーツがしわくちゃになっている。

帰ってみると、妹の久美がベッドでぐっすり眠っていた。

TVの仕事で、不規則な生活が続いている。

奈々子としてはちょっと心配だが、当人はそういう生活自体も刺激的で面白いと感じているらしい。

ともかく、今は何もかもが珍しいことばかりで、楽しいのだろう。姉としては、見守る以外にない。

妹といっても、もう二十五歳。子供扱いするわけにはいかない。

「あらま……」

久美の脱いだ服が床に放り出してある。

「ちゃんと片付けないと……」

ハンガーに、久美の服をかけたが――。

この香り……。

服からかすかに香っているのは、どうも久美の使っている香水などとは違う。たぶん
……男性用のオーデコロンか何か……。

奈々子は、少し口を開けて、ぐっすり寝入っている久美を見た。

あの砂川というプロデューサーに、久美がひかれていることは察していた。しかし、
砂川には妻子があると聞いている。

もしかして……。

でも、正面切って問い詰めたくなかった。強く言えば反発するだろう。

奈々子は、ともかく着替えて、急いで部屋を出た。

「課長から何か言って来た?」

出勤すると、奈々子は部下に訊いた。

「いえ、何も」

「そう……」

古田課長は、几帳面と言うほどではないが、きちんとした性格である。連絡もせずに

休むというのは珍しい。

「自宅へかけてみて」

と、席について指示すると、ケータイが鳴った。

湯川からだ。

「おはようございます」

奈々子はいつもと変らぬ口調で言った。

「やあ、ゆうべは――」

「ごちそうさまでした」

と、先に言って、「みっともなく酔ってしまって申し訳ありません」

「いや、僕の方もね、まさか君があんなにアルコールに弱いと思っていなかったのでね」

「私自身もです。やはり年齢《とし》なのですね」

と、奈々子は真面目な口調で、「これからは用心いたします」

「あのとき、女の医者がついていたようだが、大丈夫だったのかい?」

「ええ。とても良くして下さって」

「そいつは良かった」

「おかげで、今朝はもう何ともありません」

「それならいいんだが、ゆうべ、君を置いて来てしまったので、気になってね」

「お気づかいいただいて恐縮です」

「まあ、また機会があったら、一緒に飲もう」

とんでもない、と思ったが、もちろんそうは言わず、

「お気持はありがたいのですが、これからとても忙しい時期に入りますので、当分は時間が作れないかと思います」

と言った。

「そうか。まあ、あわてることもない。仕事で顔を合せることもあるだろうしね」

「はい。どうかよろしく」

——通話を切って、奈々子は息をついた。ゆうべ、浜口泰子がいてくれなかったら、あのままホテルで湯川のものにされていたかもしれないと思うと、寒気がした。

「あの……奈々子さん」

と、古田へ電話していた女性が、「ご自宅も、どなたも出られないんですけど」

「おかしいわね……」

奈々子は、湯川のゆうべの話を思い出した。古田が体調を崩しているということだったが。

「あの……私、外出するので、課長のお宅に寄ってみましょうか」

奈々子が頼りにしている部下、岩本真由という、今二十八歳の女の子だ。短大出なのでもう八年勤めていて、奈々子の手足になって働いてくれる。

「じゃあ……面倒でなかったら、そうしてくれる？」

と、奈々子は言った。

「分りました。じゃ、すぐに出て、先に課長の所へ寄ります。その方が便利なので」

と、立ち上って、「あの――奈々子さん」

と、やって来て少し声を小さくして、

「さっきのお電話、湯川さんですか？」

「ええ。――それがどうしたの？」

「いえ、お話の様子で、ゆうべ何か……」

「ああ、大したことじゃないの。ちょっと飲み過ぎてね」

「そうですか。気を付けて下さいね」

「心配してくれるの？」

「当り前ですよ。あの湯川さんって、プレイボーイで有名だって聞いてます」

「あら、真由ちゃんにもそんな噂が耳に入ってるの？」

「その類の話にはアンテナが高感度で」

と、真由は言った。「大体、あんな若さで〈P商事〉の取締役なんて、きっと何か裏があるんですよ」

こういう直感はなかなか鋭いものがある。

「あんまり係り合わないことよ」

と、奈々子は言った。

「そうですね。でも……」

と、真由が口ごもる。

「――何かあったの？」

「いえ……。中尾さんのことで」

殺された中尾ルリのことだ。

「ルリがどうしたの？」

「いえ、一度だけですけど……。夜、残業して帰るとき、横断歩道の信号が青になったので渡ろうとしたら……。停ってる車に中尾さんが」

「ルリが？」

「一緒に乗ってた男の人、そのときは、まだ知りませんでしたけど、今思うと、湯川さんだったみたいで……」

「本当、それ？」

「もちろん、湯川さんを見たのはずっと後なので、はっきりとはしませんけど、湯川さんを見たとき、どこかで見たことがあるっていう気がしたんです」

と、真由は言って、「すみません、余計なことを」

「いいえ、いいのよ。じゃ、古田課長の方、頼むわね」

「承知しました。じゃ、出かけて来ます」

ピョコンと一礼して、さっさと行ってしまう。――元気の塊ね、と奈々子は微笑んで見送った……。


昼休みになった。

「うーん……。どうしよう」

岩本真由は悩んでいた。

まだ外出中だったが、十二時になってしまった。一時間のお昼休みを取る権利はあるはずだ。

しかし……。

真由は古田課長の自宅の近くに来ていた。

午前中、会社を出て、すぐにここへ来たのだが、古田家のチャイムを鳴らしても、誰も出なかったのである。

仕方なく、本来の外出先へと回って、社へ戻る途中、もう一度古田家へ寄ろうとして

いた。そのとき、十二時になったことに気付いた。真由のお腹が、鳴ったのである。――ケータイやアラーム時計ではなく、

「昼飯をよこせ！」

と、主張したのだった。

そう。とりあえず何か食べよう。それから課長の家に寄っても遅くない。

「途中にラーメン屋があったわね」

歩きながら、目ざとく見付けているのだった。ところが――。

「え？　これって……」

どうやら、昼食の定番らしく、そのごくありふれたラーメン屋には、数十人の行列ができていたのである。

これじゃ、並んでもしばらくかかる……。

少し迷ったものの、ここで行列していたら社に戻るのが、どんどん遅くなる。ここは先に用事をすませよう。

真由は、古田の家へと戻って行った。

ごく普通の一軒家。そう新しくない。

玄関前に立って、真由はチャイムを鳴らしてみた。――しかし、返事はない。

どうやら、午前中に訪問したときと、全く違わない様子。

一家でどこか へ出かけてる？

もちろん、古田と奥さん、それに確か二人の子供。といっても、もう中学生くらいだったろう。子供たちは学校へ、奥さんは山へ柴刈りに……なわけないか。

むろん、ただ単に留守なだけだろう。でも――これで帰ってしまうのは、何だかためらわれた。

奈々子さんも、古田課長のことを気にしていたし……。

といって、勝手に忍び込んだら空巣になる。

古田家の前でウロウロしていると、宅配のトラックが停り、制服の若い男の子が、段ボールを抱えて、古田家へと――。

何度かチャイムを鳴らしたが、返事はなく、

「変だなあ……」

と、首をかしげている。

「ねえ」

と、真由は声をかけた。「誰もいないみたいよね？　私も鳴らしてみたんだけど」

「ええ。だって、ここの奥さんが、『お昼過ぎまでは家にいるから』って、連絡して来たんですよ」

と、宅配の男の子は言った。

「奥さんが？　いつごろ連絡して来たの？」

「朝です。九時少し過ぎかな。それで、ここにお昼ごろ寄れるように回って来たんです」

「それなのに出ない？」

「困っちゃうな。また後で来なきゃいけなくなる」

真由は、ケータイを取り出して、奈々子へ電話した。

「——あ、奈々子さんですか。真由です」

「ああ、ご苦労さま。古田さん、家にいた？」

「いえ、それが……」

真由が事情を説明すると、

「おかしいわね。こっちにも連絡ないし」

「どうしましょう？」

「そうね……」

と、奈々子も迷っている様子。

そのとき、宅配の男の子が、

「ヒャッ！」

と、変な声を上げた。

「どうしたの?」

と、真由が訊くと、

「今、ドアの中から……変な声が……」

「声?」

「ええ……。誰かが唸ってるみたいな……」

「犬じゃないの?」

「人間……みたいでしたけど……」

真由は、まだつながっていた奈々子に、今のことを話した。

「――真由ちゃん」

奈々子の声が変った。「何とか中へ入れない? どこか、窓ガラスでも割って」

「え?」

「私が責任取るから、どうにかして中へ入って!」

「分りました」

真由は家の脇を回って行った。裏は小さな庭。

ガラス戸が閉って、カーテンも引いてあるので、中は見えない。

「何してんです?」

宅配の男の子がついて来ていた。

決心した。――庭に小さな花壇があって、そこを囲ったレンガを一つ手に取る。

「中へ入るわ」

「どうするんです？」

と、目を丸くする男の子を尻目に、

「あんたは知らなくていいの」

真由は、レンガを思い切りガラス戸へ叩きつけた。弱いガラスだったようで、派手に割れる。

手を入れてロックを外すと、ガラス戸を開け、真由は、

「古田さん！　課長！」

と呼びながら中へ上り込んだ……。

ケータイが鳴った。

奈々子はすぐに出て、

「真由ちゃん？　どうだった？」

と訊く。「――もしもし？――真由ちゃん？」

「奈々子さん……」

真由の声は震えていた。「大変です。家の中……。課長が……首を吊って……」

「古田さんが？　ご家族は？」

「奥さんも子供さんも血を流して……」

奈々子は息を呑んだ。

「真由ちゃん――」

「今、救急車を呼んでます。――子供さんたち、まだ生きてるみたいなんで……」

真由は涙声になって、「あ……気絶しちゃった」

「誰が？」

「宅配の男の子……。庭で引っくり返ってます……」

真由はそう言って、「もう！　こっちが気絶したいわよ！」

と怒鳴った。

9　悲劇

仕事をすべて放り出して来るというわけにもいかず、滝田奈々子は、課長の仕事の中の急ぐものを片付けてから、病院へと向った。

「――何てことかしら」

タクシーの中で思わず呟く。

古田課長が自殺。しかも妻子を刺した後で首を吊ったということらしい。

今、病院には部下の岩本真由が行っていて、状況をメールで知らせて来てくれている。

タクシーの中にもメールが届いた。

〈課長は亡くなったと正式に発表が。奥さんとお子さんたちは重態です〉

ため息が出る。

古田にそんな様子は少しも見えなかったが……。

もっとも、人の心の中は知りようもない。何か奈々子の知らないことで悩んでいたのだろうか?

ふと、湯川が、古田のことを話していたのを思い出した。――古田が課長を辞めるとか……。

湯川は、古田のことで、何か知っていたのだろうか?

しかし、湯川に直接訊くのはためらわれた。

「ともかく、病院で……」

気持ばかりが焦る。

やっと病院に着くと、正面にTV局や新聞社の車が何台も停っていた。

少し迷って、岩本真由のケータイへかけてみた。

「――奈々子さん、今どこですか?」

「表に着いたんだけど、取材の人が……」

「捕まると大変ですよ。裏へ回って下さい。私、迎えに行きますから」

「ありがとう」

病院の建物の裏へ回ると、岩本真由が外に出て来て、手を振っていた。

「――どんな様子?」

「病院の中は、勝手に動けないので、TVのリポーターとか、みんな一階で記者会見を待ってるんです」

「記者会見?」

「病院の担当医師が出るみたいですよ」

裏口から中へ入ると、職員用のエレベーターで三階に上る。

廊下には、ガードマンが立っていて、二人を見ると、

「何の用です?」

と、訊いてきた。

「亡くなった古田さんの勤め先の者です」

と、奈々子は言った。

ガードマンは、しっかり身分証までチェックした。

「そこの病室が、奥さんの……。隣がお子さんたちです」

と、真由は言った。「どちらも、手当は終っているので、後は回復力次第だそうです」

「それで……古田さんは何か遺書のようなものは?」

「分りません。私が見た限りでは、気が付きませんでしたけど」

「そう」

奈々子は肯いて、「警察の人がいないわね」

当然、警察が来ているはずだ。

「一階の記者会見の会場に行ってるんじゃないですか」

と、真由は言って、「あ、担当の先生です」

と、奈々子をついた。

白衣の医師がやって来る。奈々子は、それが、まだ三十代にしか見えない女性なので、ちょっとびっくりした。

「先生、私の上司です」

「古田課長のことで、色々……」

と、奈々子は言いかけて絶句した。

「お気の毒でした」

と、その女医は言った。「担当の藤本弥生といいます。古田さんは、運ばれて来たとき、すでに亡くなっていて、手の施しようがありませんでした」

「奥様やお子さんたちは……」

「今はまだ何とも」

と、藤本弥生は言った。「手は尽くしました。後は、心臓がもつかどうかです」

冷静な、淡々とした言い方だが、思いやりを感じさせる口調だった。

「――藤本先生」

と、看護師がやって来ると、「一階へ来てくれと院長が」

「分りました」

と、肯いて、「記者会見があります」

「ええ、伺いました。私も聞かせていただいて……」

「もちろん、どうぞ」

奈々子は真由と二人、藤本弥生について行った。

――記者会見は、一階のロビーに椅子と机を並べて行われることになっていた。

奈々子たちは、目立たないように、ロビーの隅で、たまたま足を止めた見舞客といった様子で、会見の模様を眺めることにした。

古田の部下と知れたら、マスコミの目が奈々子の方へ向くだろう。

「――お待たせいたしました」

くっきりと聞こえる声は、あの藤本弥生だった。

白髪の院長が仏頂面をして座り、口をへの字に曲げて黙っている。

「事件についてお話しします」

と、藤本弥生は言った。

そしてメモも見ずに、古田誠二のことを、ていねいにしゃべった。

「古田誠二さんは発見が遅れ、残念ながら、すでに亡くなっていました。奥様と二人のお子さんは手当が終り、回復してくれるのを祈っているところです」

「何かご質問は？」

と、藤本弥生が言った。

女性記者が手を上げた。

「――古田誠二さんは、〈ABカルチャー〉の社員でしたね」

「そう聞いています」

「何が動機になっているか、分りますか?」

と記者が訊く。

「いいえ。それは私ども病院の調べることではありません」

「奥さんから何かお話は……」

「それどころではありません。ともかく重態だったのですから」

そのとき、若い看護師が藤本弥生のそばへ寄って、何か耳うちした。

「今、奥さんとお子さん二人が、回復に向かっているとの知らせがありました」

ホッとした空気が流れた。

「――では、他に質問がなければこれで」

と、弥生が言いかけたとき、

「原因は分っています!」

という声がした。

誰もがびっくりして振り向くと、高校生ぐらいの女の子が記者の間を前へ進んで来た。

「あなたは……」

「私、保本妙《やすもとたえ》です。古田清美の同級生です」

「古田さんの娘さんの……」

「はい」

「それで、今、原因が分っていると言ったのは？」

「清美が私にメールして来たんです」

と、その少女は言った。

「つまり……」

「お父さんが、どうかなりそうで怖い、って」

「それは――」

「古田さんは、会社のことが原因で、自殺したんです」

「会社のこと？」

「はい。――そして、奥さんと子供さんを道連れにしようとして……」

保本妙は声を詰まらせた。

「待って」

と、弥生が言った。「そのお話は、他の所で聞きましょう」

「いいえ！　みんなに聞いてもらいたいんです！　清美もそう望んでいるはずです」

保本妙は記者たちの方を振り向くと、「メールにはこうありました。〈お父さんは、課長をやめさせられたショックで、おかしくなっちゃったの〉と」

奈々子はびっくりした。思わず一歩前へ出る。

「じゃ、仕事のことというのは――」

と、弥生が訊こうとすると、

「メールは先があります」

と、保本妙は言って、ケータイを見ると、「〈お父さんは怒ってた。課長をやめさせられたのは、部下の滝田が、湯川に取り入って課長にしてもらおうとしたからなんだって〉――こうあります」

奈々子は呆然として立ちすくんでいた。

私？　私のせいで？

「奈々子さん……」

と、真由が言った。

「違うわ。そんなこと」

「ええ、そうですよ。古田さん、何か考え違いしてる」

真由は、奈々子の手を引いて、「ここにいない方が――」

「でも……」

「早く！」

真由が力一杯奈々子を引張って、ロビーから遠ざけた。

「――どうしよう！」

奈々子は、よろけて、「古田さんは、そう思い込んでたんだわ！」

「落ちついて下さい」

と、真由が言った。「何かの間違いですよ！」

「ええ……」

奈々子は、廊下の長椅子にぐったりと座ると、目を閉じて深く息をついた。

何てことだろう！

今の話が、TVや新聞で流れたら、誰でも本当のことだと思うだろう。

私が湯川に取り入って？――冗談じゃない！

しかし、今、何をしたらいいのか、奈々子には見当もつかなかった……。

立ち直るのに、しばらくかかった。

いつまでもここに座っているわけにはいかない。――滝田奈々子は何とか背筋を伸して深呼吸した。

部下の岩本真由は先に社へ戻っていた。

さっきの記者会見のことが、社内へどう伝わっているか、真由が様子を見て知らせてくれることになっている。

それにしても……。

あの、古田の娘の同級生という女の子の話を、記者会見に出ていた人たちはおそらく信じているだろう。

奈々子が湯川に取り入って、古田を課長のポストから追いやった……。

とんでもない話だ！

しかし、重傷を負っている古田の妻や子供たちが、その話を信じるに違いないと思うと、やりきれない。

——この病院へ来て、奈々子は古田の妻が寿子《としこ》、子供は、高校生の清美と中学生の弟、和夫という名だと知った。

ともかく、妻子が命を取りとめたのは嬉しかった。

「——滝田さん」

気が付くと、白衣の藤本弥生が立っていた。

「先生……」

「大丈夫ですか？　顔色が……」

「悪くもなります」

と、奈々子は言った。

「記者会見を聞いてらしたんですね」

と、弥生は言った。

「はい。でも、あれは誤解です！」

「私もそう思います」

と、弥生は肯いて、「私も、人を見る目はあるつもりです。あなたとはお会いしたばかりですが、そんなことをする方とは思えません」

「そうおっしゃっていただくと……」

奈々子は頭を下げた。

「あの席で、私、そういうことを確かめないで話してはいけません、と言いました」

と、弥生は言った。

「ありがとうございます」

「ただ、マスコミの人たちがどう思ったかは分りませんが」

「お気づかいいただいて……」

奈々子は息をついて、「ともかく、全く覚えのないことですから、何とも……」

「下の食堂で、コーヒーでもいかがですか？」

奈々子はちょっと迷ったが、真由から連絡の来るまで待とうと思って、弥生と一緒に行くことにした。

「――セルフサービスで。大した味じゃありませんが」

と、食堂でトレイにコーヒー二つをのせてテーブルへ運んで来ると、弥生は言った。

「すみません。私がやらなきゃいけないのに……」

「ここは私の職場ですから」

と、弥生は微笑んだ。

コーヒーは、そうひどい味でもなかった。奈々子はいつもより多めに砂糖を入れ、甘くして飲んだ。

「あの女子高生が言っていた、〈湯川〉という人は、ご存知なんですか?」

と、弥生が言った。

「ええ。でも〈ABカルチャー〉の人ではありません」

奈々子は、〈P商事〉の取締役の湯川について話をした。

「あなたにご執心なんですね、その人は」

「そうじゃないと思います。——確かに、しつこく誘って来ていますが、私に惚れているわけじゃなくて、ただ落とすのが面白いだけだと思います。ものにしてしまったら、後は捨てるだけでしょう」

「何かあったんですね? そこまで嫌ってらっしゃるのは」

弥生に訊かれて、

「実は……」

と、湯川に薬を入れたワインを飲まされたらしい出来事を話してしまった。

「――まあ、危なかったんですね」

「ええ。浜口先生がいらっしゃらなかったら、私、きっと……」

「浜口って――M病院の浜口泰子のことですか？」

「ええ。お知り合いですか」

「以前の病院で先輩でした。しっかりした人で」

「本当に、助けられました」

「湯川さんがそんなことをする人なら、古田さんにでたらめを言ってもおかしくないですね」

「私には、古田課長が体調を悪くしていると言ってました」

「でも、あなたとしては困ったことですね。社内で、あの話を信じる人がいるかもしれないわけですから」

「でも……そうじゃないと言ったところで、信じてくれるかどうか……」

奈々子のケータイが鳴った。岩本真由からだ。

「真由ちゃん、どう？」

「それが……。あの記者会見がＴＶのワイドショーで流れて」

「え？」

「事実かどうかは分らない、なんて言ってましたけど、本当のことだと思ってる人も……」

「当然よね。でも、仕方ない。仕事があるから、社へ戻るわ」

と、奈々子は言った。

「分りました」

奈々子は息をついて、

「覚悟して行かないと……」

と、呟くように言った。

10　裏切り

奈々子はホッと息をつくと、ガランとしたオフィスを見渡した。

夜、九時を回っている。

年の暮れでもあり、早々に帰る社員が多いのだが、奈々子は一人になると安堵する。

——古田の死から一週間。

マスコミはやっと少し静かになったが、毎日のようにビルの入口で待ち構えていて、奈々子のコメントを取ろうとした。

奈々子は沈黙を通した。

誤解だと言ったところで、信じてはもらえまい。

時がたって、忘れられるのを待つしかなかった……。

もともと課長補佐だったのだから、古田がいなくなった今、奈々子が課長になるのは当然のことだったが、奈々子は拒み続けていた。

今、課長の席は空いたままだ。

そして、奈々子は、課長の仕事もすべて引き受けて、働いていた……。

「――あら」

と、奈々子が声を上げたのは、オフィスに妹の久美が入って来たからである。

「何しに来たの?」

と、奈々子は訊いた。

「お手伝いしようかと思って」

と、久美は言って、「冗談。このすぐ近くの公園で収録があったの」

ほんのわずかの間に、久美は見違えるように美しくなった。

もちろん、スタイリストが付き、メイクやヘアスタイルもプロ中のプロがやってくれているわけで、見違えるように変身するのは当然だろう。

「忙しいの?」

と、久美は言った。

「大変なのよ。分るでしょ」

奈々子は、古田の件について、久美とゆっくり話していない。

「少しはおさまった? 取材が殺到したでしょ?」

「まあね。――でも、仕事は待っちゃくれないわ」

「お姉ちゃんは損な性分だね」

久美は空いた机の端に腰をかけて、「今夜はもうオフなの。夕ご飯でも、と思って」

「ああ……。夕ご飯なんてものがあったわね！」

食べるのを忘れていた。

「――いいわ。後は明日に回して、あんたと付合うわよ」

と、奈々子は言って立ち上ると、帰り仕度をした。

「この間、おいしいイタリアンの店、見付けたの」

と、オフィスを出ながら、久美が言った。

「もう、あんたの方が詳しいわね、そういうことは」

と、奈々子は苦笑した。


確かに、若者でその店は一杯だった。

久美は予約しておいたとみえ、すぐに奥の方のテーブルに通された。

「ワインもおいしいよ」

と、久美が言った。

「やめとくわ。明日も朝から忙しい」

奈々子は生ハムやパスタを選んで、食べ過ぎないように注意した。

「先日はどうも」

と、店のオーナーが久美に挨拶に来た。

「こちらこそ。お世話になりました」

TVの仕事で、ここを使ったらしい。

奈々子は、久美が妙に慣れてしまっていないのを見て、少し安心した。

TVの仕事で方々へ出入りしているだろうが、それは久美自身の力ではない。そこを間違える人間がしばしばいる。

「――おいしいわね」

と、パスタを食べながら奈々子は言った。

久美がちょっと微笑んで、

「良かった」

と言った。

「何が？」

「食欲あって。もっと落ち込んでるかと思った」

「あんたに心配されちゃ、情ないわね」

と、奈々子は苦笑した。「どうなの、仕事は？」

「忙しいけど、楽しい」

「変ね。一緒に住んでるのに、この会話って」

「そうだね」

二人は笑った。

「でも、久美、今は不規則な生活してても平気かもしれないけど、その内、疲れがたまるわよ。一度落ちついて、自分の生活を見直した方がいいわ」

実際、同居しているのに、久美は帰りが夜中で、昼過ぎまで寝ていたりして、二人はあまり顔を合せることがない。

「心配してくれるんだ」

「当り前でしょ。あんたとは十一歳も違うんだよ」

どうしても「母親代り」になってしまう。

「でも……年末は忙しいの」

と、久美は言った。

「帰れないの、お正月?」

「うん。大晦日も仕事がある。でも、年末年始に仕事があるって、凄いことなんだよ」

「砂川さんがそう言った?」

久美はちょっと詰ったが、

「——まあね」

と肯いた。「年明けたら、少し休むようにするから」

「そうね。約束して」

「うん、約束する」

砂川との間がどうなっているのか、訊いてみたかったが、今訊いたところで、冷静に答えられないだろうと思った。

「――おいしかった」

と、奈々子は息をついて、「アイスクリームでももらおうかしら」

「ジェラートって言って」

と、久美は言った。

――奈々子は、コーヒーが来る前にトイレに立った。

手を洗っていると、十六、七の女の子が入って来た。洒落たスタイルで、いかにもこういう店に似合っている。

髪を直して、鏡をまじまじと見つめると、少女はそのまま出て行ったが……。

「どこかで……」

何となく見たことのある子のような気がする。でも――思い出せない。

席に戻ると、久美がケータイをいじっていた。

「お姉ちゃん、ごめん。急な用ができて、私、TV局に戻らないと」

「今から?」

「うん、明日の取材が急に変更になったの」

「じゃあ仕方ないわね。出ようか」

「お姉ちゃん、コーヒー、飲んで行って。私、タクシー拾って行くから」

「そう？　分ったわ。ここ、払っとくからいいわよ」

「でも……。私、おごるつもりだったのに」

「何言ってるの。お姉ちゃんに任せなさい」

「うん。ごちそうさま。――それじゃ」

「遅くても、帰って来てね」

と言った奈々子の言葉が耳に入ったかどうか。

奈々子は、少しのんびりとコーヒーを飲んだ。

あの高校生らしい女の子……。古田の娘のことを思い出した。

妻と二人の子は幸い命を取り止めたが、重傷で、もちろんまだ入院している。

奈々子としては、心配ではあるが、見舞に行くわけにも――。

コーヒーカップを持つ手が止った。

「あの子……」

さっきトイレで会った少女を思い出した。記者会見で、古田の娘からのメールを読み上げた女の子だ！

確か……保本妙といったか。

奈々子は、あの少女がどこに座っているのか、店の中を見回して捜した。

明るい笑い声が聞こえて、そっちへ目をやると、そこにいた。

奈々子は目を疑ってしまった。

そのテーブルで、保本妙と向い合って座っている男の顔が見えた。

「湯川さん……」

と、奈々子は呟いた。

しばらく、頭の中が混乱して、奈々子はどう考えていいか分らなかった。

湯川と、あの少女が二人で食事している。

——どういうこと？

そっちに気を取られていたせいで、コーヒーカップを持った手の力が抜けていた。

「あ！」

コーヒーがこぼれて、もろにスカートにかかった。まだ熱かったが、火傷するほどでもない。

あわててハンカチを取り出して拭いたが、ウェイトレスが気付いて、

「お客様、大丈夫ですか？」

と、タオルを手に駆けつけて来た。

「ごめんなさい！——ちょっと、おしぼりをいただける？」

「ええ、すぐお持ちします」

親切なウェイトレスで、おしぼりを三つも持って来てくれた。

スカートを拭いたが、もちろん、完全にはきれいにならない。

それでも、おしぼりを使った後、乾いたタオルで拭くと、何とかひどい状態からは抜け出せた。

「ありがとう。ごめんなさいね。テーブルクロス、汚しちゃったわね」

と、奈々子は言った。「もう出るところだったから……。お会計を」

「コーヒー、もう一杯、お持ちしましょうか？」

「いえ、結構。——じゃ、これで」

と、カードを渡した。

やっと息をついたが……。

今の騒ぎで、当然湯川も奈々子に気付いただろうと思えた。

湯川のテーブルの方へ目をやる気になれなかった。今はともかく、ここから出よう。

伝票にサインすると、奈々子は立ち上った。

レストランを出た所で、奈々子は足を止め、店の方を振り返った。

少し落ちついて、

「どういうことなのかしら……」
と呟く。

あの女の子――保本妙が、湯川を前から知っていたのかどうか。

あの子が、自殺した古田の娘、清美と友人同士だったというのは本当だろうか？

あの記者会見にいきなり現われて、メールを読み上げたのも、考えてみれば不自然な気がする。

普通の女子高校生が、記者会見の場所や時間を、どうして知っていたのだろう？　会見があること自体もだ。

考え出すと、何もかもが不自然に思えてくる。――しかも、あの会見での保本妙の発言を報道で流した人たちの誰も、その不自然さに気付かなかったのだ。

風は冷たかったが、奈々子は夜道を歩き出した。寒さに気を取られている方が、まだしも気持が楽になる気がしたのだ。

あの二人の様子。――湯川と保本妙を見たところでは、今夜初めて会ったとは思えない。おそらく前からの知り合いなのだろう。

つまり、湯川があの女の子に、「古田清美からのメール」を読み上げさせたということか。

でも、なぜ？　なぜそんなことをさせる必要があったのか……。

「分らない……」

と、奈々子は呟いた。

そのとき──車が一台、奈々子を追い越したと思うと、スピードを落として停った。

奈々子が足を止めると、車のドアが開いて、

「──やあ」

と、湯川が降りて来たのである。

そしていつもと変らぬ笑顔を見せて、

「さっきは大変だったね」

と言った。「車で送ろう」

「いえ、大丈夫です」

と、奈々子は穏やかに言った。「一人で帰れます」

「そう遠慮するもんじゃないよ」

と、湯川は首を振って、「ああ、アルコールのことなら心配いらない。僕が運転してるわけじゃないからね」

湯川は後部座席から出て来ていた。

運転席の窓が下りると、

「運転の腕は確かよ、安心して」

と言ったのは、保本妙だった。

「あなた……」

「私、もう十九だから」

「古田さんのお嬢さんの友達なんて、嘘だったのね！」

「でも、高校生に見えたでしょ？」

と、保本妙は得意げに言った。「お酒は飲んでないから」

「面白いもんだ」

と、湯川は言った。「あれだけマスコミが集まってて、この子の言ってるのが本当かどうか、誰も確かめようとしないんだからな」

「どうして私のことを――」

「そりゃあ。僕が古田を課長のポストから追い出したとなったら、まずいからね。古田に同情が行って、僕が悪者にされる。〈P商事〉としては、企業イメージに傷がつくことは避けなきゃね」

「だから私があなたに取り入ったと？」

「そうすれば、非難の鉾先は君に向く」

「ひどいことするんですね」

「なに、みんないずれ忘れる。現に、もう取材は来ないだろ？」

「でも、古田さんのご家族は私を……」

「恨んでるかもしれない。しかし、何もできやしないよ」

と、湯川は肩をすくめて、「車に乗らないのか？　風邪ひくぜ」

「ご心配なく。私、丈夫なので」

と、奈々子は言った。

「まあ、無理にとは言わないがね」

湯川は車に戻りかけて、「年が明けたら、君は課長だ。もう決ったことだからね」

そして、車は走り去った。

奈々子は、しばらくその場に立ちつくしていた……。

11　孤独な夜

「お疲れさま」

「じゃ、年明けにね」

「よいお年を！」

口々に声をかけて、帰って行く同僚たち。

――奈々子は一人、まだ机の上を片付けていなかった。

急いで帰ったところで、誰も待っているわけでもない。どうせなら、きりのいいところまでやってしまおう。

「――残業ですか？」

と、声をかけて来たのは、岩本真由だった。

「もうちょっとで、一つ仕事が終るの。――あなた、もう帰っていいわよ。他に誰もいないじゃない」

「ええ、でも……。奈々子さん、大丈夫ですか？」

「何ともないわよ。そんなに疲れて見えるかしら？」

「そういうわけじゃ……」

と、真由が口ごもる。

「分ってるわ。誰も私に『よいお年を』とか言って行かないものね。みんな私が冷血漢だと思ってるのよ」

「そんなことないです！」

と、真由は力をこめて言った。「分る人は分ってます。奈々子さんがそんな人じゃないってこと」

「ありがとう。あなただけでもそう言ってくれるの、とても嬉しいわ。でも、年明けには私が課長になる。誰だって『おめでとう』とは言ってくれないわよ」

「でも、課長にふさわしいのは奈々子さんだけですよ。みんな、ちゃんと分りますよ、その内」

「そうね、きっと」

と、奈々子は微笑んで見せて、「あなた、故郷に帰るんでしょ？　帰って仕度しないと」

「はい。それじゃあ……」

真由はいささか心残りのようだったが、もう帰り仕度をするばかりだったので、

「——よいお年を！」

と、大声で言って、オフィスを出て行った。

奈々子は笑って見送ったが……。

「さて……」

そう仕事が残っているわけではなかった。

今日で仕事納め。来年の初めからは、奈々子が課長になることは、すでに公表されていた。

ここの社員であるからには、拒否するわけにはいかない。

その後、古田の妻、寿子と、清美、和夫の二人の子たちは順調に回復しているようだった。しかし、どう思われているか分らない。

見舞に行きたい気持はあったが、どう思われているかが気になる。奈々子が顔を見せることで、家族の具合が悪くなったりしては困る。

とりあえず、年明けまで様子を見て……。

我ながら、「逃げている」と思うのだが、今はこうするしかない……。

「帰ろうかな」

と呟いて、机の上を片付ける。

ケータイが鳴った。母からだ。

「――もしもし、お母さん？」

「今日で仕事、終りでしょ」

ちゃんと憶えていてくれるのだ。

「うん。今、会社を出るところ」

「お前――帰って来ないの？」

「その話はしたじゃない。久美がずっと仕事だっていうから……」

「分ってるけど、一日二日だけでも……」

帰省したいのはやまやまだが、久美が大晦日と元日も仕事で、夜も遅くなるらしい。

姉としては、やはり久美のことが気になっていたのである。

「そうね。じゃ、二日の夜にでも、できるだけ帰るようにするわ」

それでは、ほとんどのんびりすることができないのだが、娘二人とも東京へ出てしまって、両親が寂しいのは分っている。せめて一日二日でも帰ろうと決めた。

「ちゃんと連絡するから」

「ああ。待ってるよ」

と、母、かね代は言った。「久美は忙しそうだね。もう別人みたいにきれいになって」

「プロがついてるものね」

「そうそう。久美にも話したいことがあるの」

「久美に？　何かしら」

「会って直接話すわよ。じゃ、風邪をひかないようにね。ちゃんと寝るのよ」

「分ってる。それじゃ、また電話するから」

——母と話して、少し気が楽になった。

同時に、自分でも寂しい思いにとらわれていた。久美はこのところ毎日遅いし、特にこれから正月までは、

「もしかしたらさ、局に泊るかもしれない」

とまで言っている。

仕方ない。一人でご飯食べて帰ろうか。

——コートを着て、ビルを出た奈々子に、

「やあ、ちょうど帰り？」

と、声をかけて来たのは——。

奈々子はちょっとの間、誰だか分らなかった。

「——林さん？」

「この近くでロケがあってね。もしかしたらと思って来てみたんだ」

林克彦——いや、今や役者・滝田克夫である。

奈々子は、林の変りようにびっくりしていた。

もちろん、着ているものも高級品で、パリッとしたエリートビジネスマンという感じだが、それより中身の方が、〈ABC〉に勤めていたときとは別人のようだ。

「夕飯、付合ってくれる？」

と、奈々子は言った。


「面白いわね」

と、若者でにぎわうレストランで食事しながら、奈々子は言った。

「何が？」

と、林はワインを飲みながら訊いた。

「あなたの顔が何度もTVに出てるのに、誰も手配中の人間だと気付かない」

「そうなんだ。こっちももう開き直って、いつ逮捕されてもいいや、と思うことにしてる」

「今のあなたなら、目の前に刑事さんがいても、堂々としてるでしょ。だから気付かれないのよ」

「君の名前を拝借したせいかな」

「そんなご利益があるといいけど」

と、奈々子は笑って言った。

少しして、林は、

「あのワイドショー、見たよ。君がそんなことするわけないのに、と腹が立ったけど、こっちも年末の収録で忙しくて」

今や、〈滝田克夫〉は、「落ちついた渋い味を持った役者」として、売れっ子になりつつあるのだ。

「人の運命って分らないものね」

と、奈々子は言った。

そして――二人は話をしながら、いささか酔って……。

「それじゃ……」

と、地下鉄の駅へ下りる所で足を止めた奈々子は、「よいお年を」

二人は何となく握手をした。

どっちも、手を握ったまま、離そうとしなかった。

「林さん……」

「もう少し、このまま……」

奈々子は小さく肯いた。

そして、林としっかり腕を組んで、歩き出していた。

木枯しが、もう気にならなかった。

「ただいま……」

奈々子は玄関を入って、そう言ったものの、返事はなかった。

久美はまだ帰っていないのだ。

十二時は過ぎていたが、久美が午前二時、三時になることは珍しくない。

それでも、「もし、久美が早く帰っていたら」という気持があって、ホテルを出て来た。

「ああ……」

コートを脱いだだけで、少しの間、ソファに身を沈めていた。

シャワーを浴びなきゃ。――そのまま、服を着て、出て来てしまった。

林克彦――役者、滝田克夫と寝てしまったのだ。

つい寂しくて、ということはあったにしても、奈々子は後悔してはいなかった。

「ふしぎだわ……」

と呟いた。

以前の林だったら、こんなことになるとは考えもしなかっただろう。いや、好感を持ってはいたにせよ、「男として」意識するような、そんなところは全くなかった。

それが……。今の林は、輝いていた。

役者として、思いもかけず知られて来て、それが身についていた。自信が背中を伸し、あの優しさはそのままに、男としての魅力を感じさせていたのだ。

ごく自然に、奈々子は林に抱かれ、そう経験豊富というわけでないにせよ、二人は充実した時を過した。

しかし、明日会社がないとはいえ、奈々子はやはり、

「帰らないと」

と言って、ホテルを出て来た。

久美が、今夜に限って早く帰っていたら、と思ったのだが、やはりそんなことはなかった。

久美を待っていても仕方ない。ともかくシャワーを浴びることにした。

明日からは年末年始の休みに入る。——ゆっくり寝ていられるのだから、今夜は少し起きていようか、と思った。

シャワーを浴びて出て来ると、ちょうどテーブルに置いたケータイが鳴り出した。

「もしもし」

「ああ……。さっきはどうも」

林からである。

「もう帰ったの？」

「いや、朝まで寝ていこうと思ってね」

「そうね。明日の仕事は？」

「夕方からだ。——奈々子さん。悪いことしたなと思って」

「どうして？」

「僕は手配中の人間だ。もし、逮捕されて、奈々子さんに迷惑がかかっては、と思って……」

「そんなこと言わないで」

と、奈々子は少し強い口調で遮った。「私は子供じゃないのよ。もう三十六の大人だわ。自分でしたことの責任ぐらい取れる」

「奈々子さん……」

「もうこれきりになっても、あなたとのことを後悔しない」

少し間があって、

「——ありがとう」

と、林は言った。「僕は今夜だけのことにしたくないよ」

「そうね。でも、お互い、そう若くないのよ。焦らないことだわ」

「君の方が大人だな」

と、林は笑った。「本当を言うと、女性とあんな風に過したのは初めてだったんだ」

「私だって、似たようなもんよ」

と、奈々子は言った。「ごめん、今シャワーを浴びて出て来たところなの。このまま
じゃ風邪ひくから」

「それはごめん。じゃ……」

「ええ。おやすみなさい」

――穏やかな気持で、奈々子は通話を切った。

いい人だわ……。そう思ったとたん、

「ハクション！」

と、思い切りクシャミをした。


ケータイの鳴る音で目がさめた。

「え？」

ベッドの中で、頭を振る。――何時だろう？

手を伸して、ケータイをつかむ。

三時？　午前三時だ。――久美からだった。

「――もしもし？」

何とか起き上って言った。「――久美？」

「お姉ちゃん……」

久美の声が震えている。

「どうしたの？」

「ごめんなさい……。お姉ちゃん、お願い」

「何よ？　どうしたっていうの？」

「助けて……。私、どうしていいか……」

泣いている。――久美が。

「どうしたの？　今、どこにいるの？」

「Nホテル……」

「部屋の中？　何号室？」

「ええと……1802」

「分った。すぐ出るから。そこにいなさい。いいわね」

「うん。ごめんね……」

「話は後で！」

奈々子はすっかり目がさめて、飛び起きると、服を着た。

マンションを出ると、幸い、すぐ近くでタクシーが客を降ろしている。

急いで駆けて行って、

「お願い！　乗せて！」

と、声をかけた。

ドライバーが、

「もう戻るんですが……」

と言いかけたが、

「Nホテルまで！　お願い！」

奈々子の必死の口調に、タクシーのドアが開いた。

道はさすがに空いていて、Nホテルまで二十分もかからなかった。

「1802ね……」

エレベーターが上って行くのが、ゆっくりに感じられる。

やっと十八階に着いて、〈1802〉を捜す。

ルームサービスのワゴンが廊下に出ていた。

食べ終えて、部屋の外へ出したのだろう。そこが〈1802〉だった。

チャイムを鳴らすと、すぐドアが開いた。

「お姉ちゃん！」

久美がいきなり抱きついて来た。

「落ちついて！　私が来たから、もう大丈夫よ」

ともかく中へ入ってドアを閉める。

まさか——サスペンスドラマじゃないんだから、中に死体が、なんてことはないわよね、と祈るような気持だった。

「一人なの？」

「うん……。いえ、本当は砂川さんと……」

と、久美が口ごもる。「ごめんね。何だかいつの間にかこんなことに……」

「分ってるわよ」

「知ってたの？」

「分んなきゃどうかしてる。今、砂川さんは？」

「帰ったわ。あの……奥さんにばれてたの」

「そりゃそうでしょうね。たいていは分っちゃうものよ」

と、奈々子は言った。「それで？」

「あの……砂川さんと二人でこの部屋へ入るところを、写真に撮られたの」

「写真？　誰に？」

「週刊誌。砂川さん、今売れっ子のプロデューサーだし、私も……」

「いい取り合せってわけね。そのカメラマンは？」

「逃げた。砂川さん、追いかけたけど、エレベーターで……」

「それじゃ、あんたも帰れば良かったのに」

「そのつもりだったけど……。ともかく、中に入って、どうしようか、って話してたの。そしたら、砂川さんのケータイに、奥さんから電話がかかって来たの」

と、久美は言った。「あのカメラマンが知らせたみたいで、この部屋にいることも知ってた」

「それで？」

「これから行くから、って。――そろそろ来ると思う」

「でも、砂川さんは？」

「一緒にいたら、やっぱり奥さんがカッとなるだろうから、って」

「一人で帰っちゃったの？　あんた一人置いて？」

「でも……仕方ないわ。砂川さんに奥さんも三つになる子供さんもいるって、知っててこうなったんだもの」

「それにしたって……」

妻が乗り込んで来るというのに、久美を残して姿を消すなんて、ひどい奴！　しかし、今久美にそう言っても仕方ない。

「ごめんね、お姉ちゃん……」

久美がしょげているのは、もちろん砂川との間が、これで終りになると分っているからでもあるだろうが、同時に、せっかく頑張ってリポーター役をつとめて来たことも、ゼロになるからだろう。

プロデューサーとのスキャンダル……。

「——待って」

と、奈々子は言った。「久美、あなた、顔をはっきり撮られたの?」

「え? ああ……」

久美はちょっと戸惑っていたが、「いえ、砂川さんは写ったと思うけど、私、サングラスしてたし、コートのえり立ててたから、そうはっきりとは……」

奈々子は自分のコートを脱ぐと、

「あんたのコート、よこしなさい!」

「うん……」

奈々子は、久美のコートをはおって、

「サングラス!」

と、受け取ってかけた。

そしてコートのえりを立てると、

「どう? 私かあんたか、分らないでしょ」

「お姉ちゃん……」

「ヘアスタイルは何とかなる。──久美、下のスーツと靴も取りかえよう」

「でも──」

「あんたは、ここまでせっかくリポーターとして頑張って来たのよ。ここを何とかとぼけてやり過ごせれば。──ね？」

「お姉ちゃん……」

「早く、スーツ脱いで！　奥さんが来ちゃうでしょ」

二人は急いでスーツを交換した。何とかサイズも体に合わせられた。

「これで靴、変えれば、写真の女性が私だって言っても分らないでしょ」

「でも……いいの？」

「いい？　スキャンダルになるのは、砂川さんだけじゃなくて、連れのあんたもTVで知れてるから。相手が名もないOLの私なら、記事にならない」

「うん……」

「早く、靴脱いで！　そして、この部屋を出て行きなさい。奥さんが来る前に」

「お姉ちゃんは？」

「私はここで奥さんを待ってるわ。そして、砂川さんと、つい出来心で浮気したって謝る」

「そんな……」

「やってみなきゃ分らないでしょ！　早く行って！」

「うん……」

「それから、ここを出たら、砂川さんに電話して説明しておきなさい。話を合せてくれるように」

「分った。――ありがとう」

「早く！」

久美を押し出すようにして、奈々子は部屋に一人残った。

我ながら無茶だと思うが、人は結構とんでもない話を信じるものだ。

「当って砕けろだわ」

と呟くと、奈々子はベッドに腰をかけた。

十分もしない内に、チャイムが鳴った。

奈々子はちょっと背筋を伸して、ドアへと歩いて行くと、

「お待ちしてました」

と、ドアを開けて言った。

砂川の妻は、一見、久美よりよほどＴＶ映りの良さそうな、美人だった。

奈々子を見て、面食らった様子で、

「あなた……どなた？」

と言った。

「滝田奈々子と申します。ご主人にお世話になっている久美の姉です」

「お姉さん？」

部屋へ入って来ると、中を見回して、「主人は？」

「お帰りになりました。入れ違いで」

「砂川恵子です」

と、彼女は言った。「この部屋に入ったのは、あなた？」

「はい。申し訳ありません」

と、奈々子は頭を深々と下げた。「妹がお世話になっているので、一度お礼にと思ってお食事を。――そのとき、ついワインを飲み過ぎて、ご主人にホテルへ……」

「じゃ、主人と浮気してたのは、あなた？」

「そうです。――ご存知じゃなかったんですか？」

「いえ、それは……」

「もしかして、妹が相手と？　とんでもない！　あの子はまだ子供です。私より十一歳も年下です」

「そう……。あなた、独身？」

「そうです」

「ま、多少地味ね」

と、恵子は言って、「TV業界の人と違って、そういうところが気に入ったのかしら」

恵子はソファにかけて、

「奈々子さん、だっけ？」

「はい」

「ちょっと二人でお話ししない？」

いやに親しげな恵子の口調に、奈々子は戸惑った……。

12　年越し

鐘の音が、冴え冴えと凍りつくような空気の中を響いて行く。

〈ゆく年、くる年〉か……。

いつもの〈紅白歌合戦〉の喧噪が、一気にどこか地方のお寺の鐘だけが鳴り響く画面に切り換わると、

「ああ、年が変わるんだな……」

と思う。

奈々子も、二十代の若いころは、大勢で飲んで騒いで年越しをしたこともあったが、今は一人、TVを見て過す。

いや、本当なら妹の久美と二人で過すはずのところだったが、今、久美はNテレビの年越しの生放送に出演している。

久美の出ている番組の方は、ビデオレコーダーで録画していた。何しろ、元旦の明け方まで続く番組で、どこに久美が出るか分らないので、後で録画したのを再生、早送り

しながら見ようというわけだ。

「あと十分……」

大晦日も元日も、二十四時間に変りはないけれど、それでも何となく気持が新たになったような気がするからふしぎだ。

奈々子は自宅の居間で、もうお風呂から出てパジャマ姿。一人、ワインをグラスに注いで飲みながらTVを見ている。

「それにしても……」

と、つい呟く。

TVの画面に出て来たアナウンサーが、

「今年は皆さんにとって、どんな一年だったでしょうか」

と言うと、

「とんでもない一年だったわよ」

と、返事をしてしまった。

それも、もう一年が残り少なくなったころから、突然……。

久美の家出から始まって、思いもよらない久美のリポーター業。もちろん、奈々子だけでなく、故郷の両親も呆気に取られていることだろう。

しかも――家族の問題だけではない。同僚の中尾ルリが殺された。それも奈々子に会おうとしていたのだ。

勤め先の〈ABカルチャー〉が、〈P商事〉の子会社になって、奈々子の身に、様々なことが降りかかって来た。

課長の古田が妻子を刺して自殺。――その後に課長になるのは奈々子自身だ。

仕事始めの日のことを考えると、今から気が重い。

あと五分、というところで、ケータイが鳴った。久美からだ。

「もしもし、お姉ちゃん。何してるの？」

久美の声は弾んでいた。

「TV見てるわよ。他にすることないでしょ」

「そうか。あと五分だね」

TVの仕事をしていると、一分一秒が気になるのだろうか。

「あんた、出番じゃないの？」

「残念ながら、私みたいな新米は午前〇時には画面に出られないのよ」

「じゃ、今は休憩？」

「うん。夜食のサンドイッチ、つまんでる」

「何時ごろ出るの？」

「午前二時ごろかな。スタジオの進行次第だけど、たぶんそれくらいの時刻に、街に出てインタビューする」

「そんな時間に、人が出てるの？」

「そうだって。お姉ちゃんの方が詳しいんじゃないの？」

言われてみればその通りだ。久美が大晦日から元日の朝までを、起きて過すのなど、初めてだろう。

おしゃべりしている内に、午前〇時がやって来る。

「あ、あと十秒。九、八、七……」

と、久美ははしゃいだ声で、「――お姉ちゃん！　明けましておめでとう！」

「おめでとう」

と答えながら、奈々子は内心、「いいわね、下は呑気で」と思っていた。

インタビューの準備があるとかで、久美は早々にケータイを切った。

「もう、すっかり忘れたみたいね」

と、奈々子は呟いた。

あのホテルの部屋で、もう何もかも終り、とでも言わんばかりにしていた久美。

結局、砂川と二人のところを撮られた写真はうやむやになって、心配しなくて良くなったのだった。しかし、それはあのとき、奈々子が久美の「身替り」になったからではなかった。

服を交換したものの、奈々子にとって、久美の服はやはり小さ過ぎた。

部屋へやって来た砂川の妻、恵子は、さすがに女の目で、服が合っていないことを見抜いていた。

「ちょっと二人でお話ししない？」

と言い出した恵子の話に、奈々子は面食らうことになった……。

「信じてあげてもいいわよ、あなたの話を」

と、砂川恵子は言った。「カメラマンにも私の勘違いだったと言えば、写真はどこにも出ないでしょう」

その口調で、奈々子は「見抜かれている」と悟った。ここで嘘をつき続けても、意味がない。

「分りました」

と、奈々子は言った。「それで……」

「あなたに協力してほしいの」

と、恵子は言った。

「協力――ですか」

「私もね、あなたの妹さんと同様、アナウンサーの卵だったの」

と、恵子は言った。「でも、TVに出る前に、砂川に目をつけられた。――研修と、地方勤務を終って、これからってときに砂川にホテルに誘われ……」

恵子はちょっと肩をすくめた。

「でも、砂川としても計算違いだったの。私、妊娠してしまったのよ。そして、そのことに自分でも気付かないで仕事してる内、どうもおかしいと思って、病院に行ったときはもう堕ろせない時期に入ってた」

「じゃ、息子さん……」

「そう。そのときの子が、市郎。もう三つになったわ。砂川は、仕方なく私と結婚した。そして、人気プロデューサーとして、『表向き仲良くする』という約束を、私たちは交わしたの」

「それって……〈仮面夫婦〉ってことですか?」

「まあね。でも、私は結婚して主婦、母親になって幸せだった。だけど砂川は……」

恵子の表情に、わずかに影がさして見えた。

「あの人は、私が結婚するために、わざと妊娠を隠してたと思ってるの。そんな風に思われて生きてくなんて、辛いわよ」

「そうですね……」

「それでも、市郎が生まれて、一歳、二歳と育っていけば、あの人も変わると思った。

服を交換したものの、奈々子にとって、久美の服はやはり小さ過ぎた。

部屋へやって来た砂川の妻、恵子は、さすがに女の目で、服が合っていないことを見抜いていた。

「ちょっと二人でお話ししない?」

と言い出した恵子の話に、奈々子は面食らうことになった……。

「信じてあげてもいいわよ、あなたの話を」

と、砂川恵子は言った。「カメラマンにも私の勘違いだったと言えば、写真はどこにも出ないでしょう」

その口調で、奈々子は「見抜かれている」と悟った。ここで嘘をつき続けても、意味がない。

「分りました」

と、奈々子は言った。「でも私……」

「あなたに協力してほしいの」

と、恵子は言った。

「協力――ですか」

「私もね、あなたの妹さんと同様、アナウンサーの卵だったの」

と、恵子は言った。「でも、TVに出る前に、砂川に目をかけられた――研修と、
地方勤務を終って、これからってときに砂川にホテルに誘われ……」
恵子はちょっと肩をすくめた。
「でも、砂川としても計算違いだったわ。私、妊娠してしまったのよ。しかし、そのことに自分でも気付かないで仕事してる内、どうもおかしいと思って、病院に行ったときはもう堕ろせない時期に入ってた」
「じゃ、息子さん……」
「そう。そのときの子が、市郎。もう三つになったわ。砂川は、仕方なく私と結婚した。そして、人気プ[illegible]して、『[illegible]向き仲良くする』という約束を、私たちは交わしたの」
「それって……」
「まあね。で[illegible]と砂川は……」
恵子の表情[illegible]
「あの人は、[illegible]な風に思われて生きて[illegible]
「そうですね[illegible]
「それでも、[illegible]思った。

だけど、そうはいかなかったの」

「妹のことを……」

「ああ、お気の毒だけど、あなたの妹さんが初めてではないのよ、もちろん」

「そうですか」

「でも、砂川の好みだと思ったわ。リポーターに起用したときから、『この子を狙ってる』と分ってた」

「はあ……」

「もう、今は私も分ってるし、主人のことを恨んじゃいないわ」

「それで、私に何をしろと……」

「難しいことじゃないわ」

と、恵子は言った。「私、夫と別れたいの」

「は？」

「でも、別れるなら、夫から持ってる物、すべてを奪ってやりたい。もちろん、市郎もね。そのために、私の味方になってくれそうにない、あなたのような証人が必要なの。いかにも私と手を組みそうな人間じゃ、何を言っても信用されないでしょ？　でも、あなたなら、私にとってプラスになる証言をしてくれても、誰も怪しいとは思わない」

何となく、恵子の言っていることは分ったものの、それでも今ひとつピンと来ない。

「奥さん、もしかして……好きな男性がおいでなんですか？」

と、奈々子が訊くと、恵子はちょっと眉を上げて、

「もちろんよ。今ごろ分ったの？」

と言った。


TVでは、スタジオに集められたタレントたちが、大声ではしゃいでいた。

もう見る気もないが、とりあえず、このグラスのワインを飲み干すまで点けておこう。

局を変えても、内容は大して違わない。

「そろそろ寝ようか……」

元日の仕事が終ると、久美も休みに入るとのことだった。二日の朝にでも出て、故郷へ一日でも二日でも帰ろう。

ゆっくりできないのでは、疲れに行くようなものだが、両親の気持を考えたら、それくらいの無理は仕方ない。

「――あ」

と、思わず声を上げた。

局を変えていくと、突然林の顔が出て来たのである。むろん、役者、滝田克夫としてだが。

去年、話題になった自局のドラマを紹介しているらしく、あの敗残兵の役を演ったときの映像が流れている。

そして、そのドラマをきっかけに、他のドラマにも起用されたことで、林が話題になったのである。

奈々子は、林と過した一夜のことを、何だかずいぶん昔のように思い出していた。

それにしても……。奈々子としては、いつ〈滝田克夫〉が指名手配中の〈林克彦〉であることが知れるかと気が気ではなかった。

林のことを、「犯人ではない」と思ってくれた、武川というN署の刑事、その後、どうなっているのだろう。

林が中尾ルリを殺したのでないことは、奈々子も当然分っている。では誰が？

——もう一つ、奈々子が気になっているのは、久美が池から助け上げた女性のことだ。入院していた病院から、奈々子の名を名のった女性が連れ出して、それきりである。

あの女性が、レストランで湯川と一緒だった可能性も、奈々子の名が利用されたことから充分にあり得ることだ。

しかし、今、奈々子の勤める〈ABカルチャー〉は、湯川が取締役になっているP商事の子会社になっている。

奈々子は立場上、湯川を問い詰めることができない。

「本当にもう……」

世の中、思うようにいかないことが沢山ある。——それは年が変っても、一向に変らないのだ……。


午前一時を回ったころ、奈々子はベッドに入った。

「昼まで寝てやれ」

という気持だ。

元日に、早起きして行くところもない。

以前は初日の出を見に行ったりしたものだが、今では眠ってる方がずっと自分にプラスになる気がする。

久美は明け方にならないと帰って来ないだろう。——奈々子は、〈お腹空いてたら、冷凍庫にチャーハンが入ってる〉という久美あてのメモを置いた。

そして、眠った。

ケータイの鳴る音で目を覚ますと、午前三時を過ぎていた。

久美かしら？——そうではない。

「はい、もしもし」

「夜分すみません」

と、女性の声。

どこかで聞いた、と思うと
「M病院の浜口泰子です」

「あ。――どうも」

「すみません、こんな時間に」

「いえ、大丈夫です。何か？」

「私、今夜当直で」

「大晦日からですか？」

「休みを取る人が多いもので」

「そうでしょうね。ご苦労様です」

「実は、さっき病院に電話が」

「誰からですか？」

「男の声でした。あの、あなたの名前で連れ出された女性のことで」

「何と言ったんですか？」

とたんに頭がスッキリする。

「知人だが、彼女がそちらの病院に戻っていないか、と訊いて来ました」

「彼女のことだというのは間違いないんですね？」

「だと思います。大体、知人なら、彼女の名を知っているはずでしょう？　でも、訊いても言わないんです。おかしいでしょう？」

つまり、あの女性がその男の手から逃げ出したということではないのか？

「先生、もし本当に彼女がその病院へ向ったとすると……どういうことに？」

「実はさっき、この病院の近くを歩いてるパジャマ姿の女性を、見た人がいるんです」

「じゃ、そこの近くに？」

と、奈々子は言いながら、外出の仕度をした。

「すぐそちらへ伺います」

「すみませんね」

「いえ、私もずっと気になっていたので」

奈々子は通話を切ると、急いでマンションを出た。

「今年も忙しい年になりそうね」

と、思わず呟いた奈々子だった。

元日の午前三時過ぎという時間にも、タクシーはちゃんと走っていた。

そんなことに感心しながら、奈々子は空車を停めてM病院へと向った。

初老のドライバーが、こんなときに病院へ行くというので、

「どなたか具合でも悪いんですか？」

と訊いて来た。

「あ……ええと……まあ……」

この事情をどう説明していいか分らず、口ごもっていると、

「いや、余計なことを訊いてすみません」

ドライバーは、何かよほどの「わけあり」な女と思ったらしい。「近道があります。そこを通りましょう」

と、ぐんとスピードを上げた。

確かに、広い通りよりも大分早くM病院が見えて来た。病院の裏手に出て、

「表へ回ります」

「いえ、ここで」

と、奈々子は言った。「ここでいいです。ありがとう」

深夜料金に少しプラスになるように、おつりはいいです、と渡すと、

「どうぞお大事に」

と、気づかってくれた。

奈々子がM病院の裏手でタクシーを降りたのには、理由があった。

裏手のアパートの立ち並ぶ間に小さな公園があって、そこにチラッとだが人影らしいものを見ていたのである。それも、白っぽいパジャマ姿のように見えた。

タクシーが行ってしまうと、奈々子は、その公園の方へと歩いて行った。息が白い。

青白い街灯の明りの中に、ぼんやりとだが、ブランコに腰をおろしているパジャマ姿の女性が見えた。やはりそうか。

奈々子は、あまり相手をびっくりさせないように、公園の入口で足を止め、

「あなた……」

と、声をかけた。「そこの病院に入っていた人？」

パジャマに、スリッパをはいている。寒いだろう。
二十五、六だろうか。寒さのせいもあるのか青白い顔をして、奈々子を当惑したような表情で見ると、小さく肯いた。
「そう。寒いわよね、こんな表にその格好じゃ。病院へ入りましょう。先生が待ってて下さるわ」

奈々子はそっとその女性に近付きながら、ケータイを取り出して、浜口泰子へかけた。

「もしもし、浜口先生？　滝田です。今、病院の裏手の公園に。――ええ、彼女がいます」

「迎えに行きます！」

と、浜口泰子は言った。「待ってて下さい！」

「お願いします」

奈々子は、ケータイをしまうと、「もう大丈夫ですよ。そんな青い顔して……」

と、その女性の肩に手をかけた。

そのとき——車のライトが公園を照らした。

びっくりして振り向くと、黒い車が公園の前に停って、男が二人、降りて来た。

「何よ、あんたたち」

と、奈々子はブランコの前に立ちはだかって、「誰なの？」

男たちは無言だった。背広にネクタイをしている。一見サラリーマンだが、どこか危険な雰囲気だ。

男の一人がナイフを取り出した。——奈々子はゾッとした。

「何するのよ！　人が来るわよ！」

と言ったが、こんな時間に、大声を出しても、果して聞いている人がいるだろうか。

「けがしたくなかったら、さっさと行け」

と、もう一人の男が言った。「邪魔すると少々の傷じゃすまないぞ」

「そんなこと……」

まさか、ここで逃げ出すわけにいかない。といって、奈々子は空手の達人——なんかじゃない。

「あんたたち、どうして私の名を使ったの？」

時間を稼ごう、と思った。浜口泰子が駆けつけて来てくれる。

「何だと?」

「この人を連れ出すのに、滝田奈々子って名のったでしょ! どうして私の名前を?」

男たちが戸惑ったように顔を見合せた。

「どうして私の名を知ってたの? 言いなさいよ!」

奈々子としても、ナイフで刺されるのは趣味じゃない。しかし、ここで逃げるのは、奈々子のプライドが許さなかった。

そのときだった。

突然けたたましく車のクラクションが鳴り響いた。びっくりして見ると、ここへ乗って来たタクシーがやって来たのだ。

ドライバーが窓から顔を出して、

「何してるんだ!」

と怒鳴った。「やめないと、その車にぶつけてやるぞ!」

男たちが一瞬ためらったが、すぐに車へと戻って、走り去った。

「――大丈夫かね?」

タクシーのドライバーが降りて来た。

「ありがとう! 助かりました!」

膝が震えた。

「いや、あいつらの車とすれ違ってね。こんな時間に妙だと思って、戻ってみたんだ」

奈々子は息をついて、

「本当に……嬉しかった！」

そこへ、浜口泰子が走って来るのが見えた。

「滝田さん！」

と、公園へと駆けて来ると、「今、向うから見えたけど、車で逃げてったのは……」

「ナイフ持ってて。でも、このドライバーさんのおかげで」

「良かったわ。ともかく病院へ入りましょう」

「ええ」

奈々子は、パジャマの女性の肩を抱くようにして立たせると、

「あ、浜口さん……」

「え？」

「明けましておめでとうございます」

言ってから、我ながらおかしくて、笑いそうになった。

するとし、今までぼんやりしていたパジャマの女性が、声を上げて笑い出したのである
……。

13　帰郷

「じゃ、また来るね」

と、奈々子はタクシーの窓から手を振った。

「体に気を付けて」

と、母親が見送っている。

「うん！　お母さんも！」

もうタクシーは駅に向って走り出していたので、母には聞こえなかっただろう。

奈々子は窓を閉めて座席に落ちつくと、隣で不機嫌そのものという様子の久美へ、

「手ぐらい振ってあげなさいよ」

と言った。

しかし、久美は姉とも目を合せようとせず、プイと窓の外へ目をやった。

「あんたが怒るのも分るけど、お母さんもお父さんも、あんたのことを考えて話を進めてたんだからね」

「それにしたって……」

と、久美は口を尖らす。「私にひと言も言わずに、いきなりお見合だなんて！」

——正月の二日、TV局が休みになって、奈々子は久美と一緒に帰郷した。

とはいっても、いられるのは二日間だけ。それでも二人の顔を見て、両親は喜んでくれた。

ところが、着いた夜に、母から突然、

「明日、久美のお見合だからね」

という話があったのだ。

もちろん久美は怒った。——そもそも、東京から戻るつもりなど、今のところ全くない。

しかし、両親は昔から何かと世話になった元町長の持って来た話なので、会いもせずに断れないと言って、

「ともかく会ってみろ！」

と、父親が頭ごなしに怒鳴りつけた。

最悪の状況の下、久美は仕方なく見合の席に臨んだが……。

「私、もう二度と家に帰らない！」

久美はカッカしていて、手がつけられない。

——奈々子はしばらく放っておくことにした。

東京に戻るのも、本当は今日夕方の列車で充分間に合うのだが、朝早く出て来てしまった。

「あんまりだよ!」

と、久美が言った。

「まあね……。でも、お断りしたんだから、いいじゃない」

久美の見合の相手は四十五歳の役人だったが、これまで二十数回のお見合すべて断られたというベテラン(?)。

両親は、「あんまりすぐ断っては、元町長さんの顔が立たない」と渋い表情だったが、ともかく正月明けには断っておく、ということで話がついた……。

——タクシーで駅に着くと、ちょうど特急が十分後に来るというので、すぐ切符を買った。

「お弁当、買う?」

と、奈々子が訊いても、まだむくれている久美は、

「どっちでもいい……」

などと言っている。

しかし、姉として、妹の不機嫌の原因の一つは、「お腹が空いてる」ことだと見抜い

ていた。

駅の真向いにお土産物の店があって、ちょうど開いたところだった。しかし、あまり時間が早いので、お弁当はできていない。

「そこの喫茶店で、サンドイッチくらい作ってくれるわよ」

と、お店の人が教えてくれたが、列車まで時間がない。

諦めて、駅へ戻ると、

「あら、まだいたの」

何と母親が立っていたのだ。

「お母さん！　どうしたの？」

「あんたたちに持たせようと思って、今朝こしらえといたの」

と、紙袋を奈々子に渡して、「列車で食べなさい」

ちゃんと分っていて、作っておいたお弁当を、渡しそこねたといって、車で届けてくれたのだ。

「ありがとう」

と、奈々子は微笑んで、「久美もお腹空いてたのよ。ね？」

「うん……」

久美も、さすがに怒ってばかりもいられない。「ありがと」

と、素気なく言った。

「あ、もう列車が——。じゃ、行くね」

「気を付けてね」

——二人の乗った列車を、母親は改札口の所から、手を振って見送ってくれた。

そして、列車が少しスピードを上げると、久美は早速母の手作りのお弁当を食べ始めた……。

奈々子は、もう少し後で食べようと思いながら、表の景色を眺めていた。

あの女性はどうしただろう？

M病院に戻ったものの、連れ出されてからどこにいたのか、よく分らない様子だった。

そして、まだ記憶は戻らないと……。

でも、本当だろうか？

考えてみれば、あのM病院の裏の公園に来ていたのも妙だ。そして、あの二人の男たち……。

タクシーのドライバーが機転をきかせてくれなかったら、今ごろは……。

それにしても、なぜあんな男たちが出てくるのだろう？

奈々子は、男たちのことを警察へ届け出ようかと思ったが、全く事情が分らないのに届けたところで、むだだろう。

東京へ戻ったら、M病院の浜口泰子を訪ねて、相談しよう。

そんなことを考えている内、奈々子は座席でウトウトしていた。

そして——列車が少し大きく揺れて目を覚ますと、久美がいない。

トイレにでも立ったのかと思っていると、ケータイを手に戻って来た。

「どうしたの?」

「うん、局からかかって来て」

と、久美は言った。「明日、取材が一件入った」

「そう。じゃ、もう明日から出勤ね」

「うん」

奈々子の方はもう少し休みがあるが、休み明けには「課長」として出勤しなければならない。

それを考えると気が重いが……。

「あれ?」

奈々子のケータイが鳴り出したのである。

知らない番号だ。ちょっと用心して、

「もしもし……」

と出てみると、

「滝田奈々子さんですね」

と、女の子の声。

「そうですが……」

「私、古田清美です。古田誠二の娘です」

「ああ、課長さんの……。あの……具合はいかがですか、お母様や弟さんの」

「まだしばらく入院です」

と、清美は言った。「私が一番傷が軽かったんです」

「そうですか。あの――」

「課長なんですよね、今度は。おめでとうございます」

「お嬢さん……」

「私、許しませんから！」

と、清美は強い口調で言った。「あなたのこと、必ず仕返しします」

「あの――」

「言いわけは聞きたくありません」

「そうじゃないんです。本当のことを聞いて下さい。記者会見で、私がお父様の死の原因を作ったと話した女の子は、あなたのクラスメイトなんかじゃありませんでした。私は、課長になりたいなんて言ったことは――」

切れてしまった。

「お姉ちゃん……」

「あんたは気にしないで」

奈々子はケータイを手に席を立って、客席からデッキに出た。

「新年早々、恨まれたか……」

早くもこの一年がどうなるか、不安材料が奈々子の中に積み上っていた。


正月四日までは休みだ。

奈々子は、最後の休みの一日ぐらいはどこかへ出かけようと思った。

何しろ、久美はもうTV局で仕事が始まっていて、帰りは夜中という生活に戻っている。本当なら、妹と二人、買物にでも、と思ったのだが、

「しょせん、人は孤独よね」

と、哲学的なセリフを呟いて、一人、銀座へ出た。

映画でも見ようかと思ったが、どこも満員。

今どきのロードショー館は、定員制で立ち見がない。もちろん、今の奈々子は映画一本、立って見る元気はないが、子供のころは立ち見でも、それなりに楽しかったものだ。

結局、夕食には時間が早く、デパートでお弁当を買って帰ることにした。

久美の分も？　でも、久美はきっと、あの砂川というプロデューサーと食べて来るだろう……。

迷っていると、ケータイが鳴っているのに気付いた。デパートの中のようなにぎやかな場所では、鳴っていても気付かないことがある。

林からだ。――ちょっと嬉しくなって出ると、

「やあ」

「どうも……」

一度一緒に寝た仲だと、却って照れてしまう。

「お正月はどう？」

と、奈々子は訊いた。

「昨日から仕事だったんだ」

と、林は言った。「もちろん、〈滝田克夫〉がね」

「仕事って、TVの？」

「映画なんだよ。小さい役なんだけど、急に話が来てね」

「売れっ子ね」

奈々子は少し静かな階段の辺りに来て、「うるさいでしょ。デパートの中なの」

「今日はもう帰りなんだ」

と、林が言った。「良かったら……ちょっと会えないかな」

少し遠慮がちな言い方には、林の思いがこもっていた。奈々子はちょっとためらったが、

「――林さん。この間のこと、後悔はしてないけど、あんまり突っ走るのは危いわ。もう少し間を置いて。勝手言うけど」

「いや、君の言う通りだよ」

寝たからといって、奈々子を「自分のもの」扱いしない林の気持ちは嬉しかった。

「夕食をどう？　一旦帰って、少しお洒落して来るわ」

「そうしよう。じゃ、とりあえず、どこかで待ち合せて……」

「Kホテルのロビーで七時じゃどう？」

「いいとも！　じゃ、後で」

「どこかお店を予約しておくわ」

奈々子は、すっかり愉しい気分になって、マンションへと急いだ。

そして――マンションの三階に上ると……。

誰かが、〈303〉のドアの前に立っている。――コートをはおった男性で、ぼんやり突っ立っているのだ。

誰だろう？

「あの……」

と、奈々子は声をかけた。「何かご用でしょうか？」

男はびっくりしたように奈々子を見て、

「ああ、お姉さんですね！」

と言った。

「え？」

誰だろう？　どこかで会ったことがあるようではあるが……。

「いや、突然伺ってすみません。でも、善は急げとも言いますしね。一日でも早く、細かいことを詰めておきたくて」

何だか、いやに声が弾んでいる。そして——「お姉さん」って呼んだ？

「あ……」

やっと分った！——故郷で、久美が見合させられた、その相手だ！

「ええと……あの……お名前は……」

「広川です」

「ああ、そうでした。ごめんなさい」

「いいえ。久美さんは今、お宅に？」

「いいえ、妹は仕事で」

「そうですか。TVのお仕事ですよね。お正月から、もう忙しいんですね」

「ええ……」

廊下に立たせておくわけにもいかず、奈々子は、「失礼しました。今、鍵を……」

ともかく中へ入ってもらうことにした。

「──寒くてすみません」

急いで暖房を入れ、広川のコートを掛けて、

「あの、東京へはどうして……」

と言った。

「僕も明日からは仕事なもので、なかなかお会いする機会が作れないと思いましてね」

と、広川は言った。「そう考えると、じっとしていられなくて、やって来てしまいました」

「はあ……」

わけが分らない。──奈々子は、少し落ちつくために、お茶をいれて広川に出した。

確か、広川康士《やすし》といったか。

「〈康〉は〈徳川家康〉の〈康〉です」

と、自慢げに言っていた。

見合の席に付き添って来たのは母親だったが、これまでずっと断られ続けていたせい

か、あまり元気がなかった。その代り、当人が至ってよくしゃべった。

もっとも、久美が面白がるような話でなかったのはもちろんだ。

しかし――この人、何しに来たのだろう？

話の様子では、まるで久美との結婚が決っているかのようだが、もちろん父親の方から断っているはずだ。

「あの、広川さん――」

と、奈々子が言いかけると、

「僕は本当に幸せです！　久美さんのような若くて可愛い方と結婚できるなんて！」

奈々子は焦った。――どうなってるの！

「あの――ちょっと失礼します。すぐ戻りますので」

あわてて立ち上ると、ケータイを手に玄関から廊下に出て、家にかけた。

「――もしもし？」

「お母さん？　奈々子よ」

「ああ、どうしたの？」

「どうした、じゃないよ！」

広川がやって来て、久美と結婚する気でいる、と話すと、

「まあ、そんなこと……。お父さんが断って来たはずよ」

「だって、現に当人がここに来てるのよ」

「ちょっと待って。——お父さん！」

母が父を呼んで、二人が何やら話しているのが聞こえてくる。

「早くしてよ……」

と呟いていると、

「——奈々子か」

と、父が出た。

「お父さん、どうなってるの？」

「いや、それが……。俺はちゃんと断ったんだ。少なくともそのつもりで……」

「全然通じてないよ。どうして？」

「うん……」

父はしばらく口ごもっていたが、「——なあ、久美は全然だめか？」

「お父さん、それじゃ——」

「いや、断ろうとしたんだ。しかし、いきなり『この話はお断りします』と言いにくくてな」

「何ですって？」

「つまり、断る前に、『娘としては、広川さんのような立派な方に、妻にと望まれるのは、大変光栄に思っております』と言ったんだ。その上で、『ただ、娘は何分にも若くて、まだ社会経験も浅く』と言ったんだが、向うは、『そんなことは全く問題ありません！』と言ってな。『久美さんが僕を気に入って下さったら、それで充分です』と……」

「それで？」

「うん……。あんまり嬉しそうにしているんで、それ以上何も言えなくて。一旦帰って、また出直そうと……」

「お父さん！　そんな無責任なこと……」

「お前、久美を説得してみてくれんか？　悪い人じゃないと思うんだ」

「そんなの、無理に決ってるでしょ！」

奈々子は天を仰いだ。

全く、もう！――仕方ない。

部屋の中に戻ると、奈々子は広川がせっせと手帳をめくっているのを見た。

「あの、広川さん……」

「今、手帳を見ていたんですが。やはりこういうことは早い方が。――来月の大安の日を選んではどうでしょう？」

「ちょっと――ちょっと待って下さい」

と、奈々子は遮って、「広川さん。聞いて下さい。お願いですから、落ちついて――」

そう言いかけたとき、玄関のドアが開いて、

「ただいま！」

と、久美が言った。

「久美——」

「またすぐ出るの。服を替えないといけなくて」

と、久美は居間に入って来ると、「お客さん？」

「久美さん！　わざわざ僕のために帰って来てくれたんですか！」

広川は目を輝かせている。——そんなわけないのは分るだろうに。

久美はけげんな顔で広川を見ると、

「どなたでしたっけ？」

と言った。

14　川を求めて

「浜口先生はいらっしゃいますか？」

と、奈々子はナースステーションに寄って訊いた。

「浜口先生は今日はお休みですが……」

と、看護師が言った。「お約束が？」

「いえ、そうじゃないんです」

奈々子は急いで言った。「お休みならそれで……。明日はおいでに？」

「ええ。大晦日とか、出られてたので、代りのお休みを取られてるんです」

「分りました」

そうだった。あの大晦日の夜、記憶を失った女性を救った。

浜口泰子も、休みを取りたくなるだろう。

奈々子は、エレベーターの方へ戻って行った。

あの女性のことも気になっていたが、今は林との待ち合せがある。

マンションで、勘違いした広川に事情を納得させるのに汗をかいた。久美は、

「冗談じゃない！」

と、ひと言、さっさと着替えて出かけて行ってしまい、奈々子は仕方なく、広川の相手をした。

広川は呆然としていたが、やがて納得した（のかどうか）様子で、しょんぼりとして帰って行った。

別に奈々子に責任はないのだが、それでも何だか悪いことをしたような気持になって、早々に仕度をして出かけて来た。

そして、少し時間があったので、思い立って、M病院へやって来たのである。

「――間に合うわね、きっと」

病院を出て、奈々子はタクシーを拾おうと表の通りに出た。ぜいたくというものだが、林とのデートだ。ゆったりした気分でいたい。

やって来たタクシーが、病院の玄関へと入って行った。客を降ろして、空車になれば乗れるかもしれない。

見ていた奈々子は、タクシーから降りた女性が、足早に病院の中へ入って行くのを見た。

「あら……」

今のは、浜口泰子ではないだろうか？

チラッと見ただけだが、確かに……。

もちろん、浜口泰子が何か用があって病院に来てもふしぎはない。それよりともかく、今は……。

奈々子は手を上げて、そのタクシーを停めた。

「何かあったの？」

と、林が訊いた。

奈々子が選んだレストランは、久美から教わった店だ。

もう正月休みも終って、レストランも普通の営業に戻っていた。そう混んでもいなくて、二人は静かに食事をしていたのだが……。

「そう見える？」

と、奈々子は言った。

「うん。——その、妹さんのお見合相手のこと以外に、何か引っかかってることがあるって顔だよ」

「よく分るのね」

「何しろ、いつも心配してばっかりだったからね。人の心配にも敏感になってる」

林は穏やかで、落ちついていた。

思いがけず、俳優として活躍していることが、今の林を輝かせていた。

「何だかね……」

と、ワイングラスを手に、奈々子は首を振った。「大晦日のこと」

「ああ。危かったね。用心してくれよ」

「分ってるわ。でも……」

「何か気になってることがあったら、話した方がいいよ。一人で抱え込まないで」

奈々子は微笑んで、

「ありがとう。――実は今日、あなたとの待ち合せの場所に行く前に、M病院に寄ったの」

そして、タクシーから降りる浜口泰子を見たのだが……。

「私の知ってる浜口さんと、全然違う人のようだったの。何ていうのか……。せかせかして、どこか焦ってるような。――チラッと見ただけだから、印象に過ぎないけど」

林は肯いて、

「でも、その人は滝田さんに気付かなかったんだろ?」

「ええ、私の方を見なかったし」

「つまり、いつも君に見せていない顔だったわけだ。それがその人の本当の顔かもしれないよ」

「そうね。——一つ、ずっと引っかかってることがあるの」

デザートを食べながら、奈々子は言った。

「大晦日の夜、あの女性を連れて行こうとした男たちに、私、少しでも時間を稼ごうとして、言ったの。私の名前でこの女の人を連れ出したのはどうして、って。なぜ私の名を知ってたのか、訊いたの」

「それで?」

「でも、男たちは、私の言ってることが、まるで分ってなかった。当惑していたわ。あれは正直な反応だったと思う」

「つまり……」

「私の名前を名のった女性が、あの女の人を連れ出した、って聞いたのは、浜口さんからなの。つまり、もしかしたら、私の名前を使ったっていうのは——本当じゃないかもしれない、ってこと」

「その女医さんが嘘をついたってこと?」

「そう思いたくはないの。でも、あの男たちの様子が気になって……」

「——よし」

と、林は言った。「食事がすんだら、その病院へ行ってみよう」

「林さん……」

「ずっと気にしてるのは、君の性に合わないだろ」

林の言葉が、奈々子は嬉しかった。

「それじゃ……付合ってくれる?」

「もちろんさ。——でも、このデザート、旨いな!」

と、林は言った。


「寒いわね……」

ワインの酔いがさめて来ると、奈々子は真冬の寒さが身にしみた。

タクシーを少し手前で降りて、M病院へと林と二人で歩いている。

「しかし、もう十時過ぎてるよ」

と、林が言った。「病院に入れるのかな」

「正面は閉ってる」

と、奈々子は言った。「でも、夜間の出入口は、急患でもないと……」

「じゃ、どうする?」

奈々子は足を止めて、

「——あれよ」

と言った。

「え？」

「ほら、サイレン、聞こえるでしょ」

「ああ、救急車だね」

「たぶん、M病院に向ってるのよ。この辺で一番大きな救急病院だから」

「それじゃ――」

「救急車が着いたら、バタバタするわ。その間に中へ入る」

「そううまく行くかい？」

「やってみなきゃ分らないわ」

林はちょっと笑って、

「君のその精神がいいね。前向きで」

「呆れてる？」

「いや、感心してる」

「本当？　――あ、やっぱりこっちへ来るわ。急ぎましょ」

二人は小走りにM病院へと向った。

もちろん、救急車から連絡が行っているわけで、救急用の出入口は開いて、看護師がストレッチャーを用意して待機していた。

奈々子と林は、表の通りで待った。——すぐに救急車がやって来て、病院へとカーブする。

「行きましょ」

奈々子は林を促して、救急車の後ろをついて行った。

「——お願いします！」

「分りました」

というやりとりが聞こえてくる。

「急いで処置室へ運んで」

ガラガラとストレッチャーを押して行く音。

奈々子は、足早に救急車の傍を抜けて、看護師たちの後から中へ入って行った。

そして、廊下を曲って、薄暗くなっている方へと入った。

「——大丈夫。気付かれなかったわ」

「スリルがあるね」

と、林は息を弾ませた。

「エレベーターは目につくわ。階段を上りましょう」

奈々子が先に立って階段を上って行く。

「——しかし、その記憶を失くしてる女性っていうのは、何者なんだい？」

と、上りながら林が訊いた。

「本人が分らないのに、私に分るわけないでしょ」

と、奈々子がもっともなことを言った。

「なるほど。理屈だ」

「でも、きっと少しは何か思い出してるんじゃないかと思うの。ただ、何も憶えていないことにした方が安全だってことだと……」

「それはつまり――」

「しっ。着くわ」

奈々子は足を止めて、そっと廊下を覗いた。

ナースステーションは大分遠い。そしてその奥にエレベーターがあった。

エレベーターの扉が開いて、作業服にマスクをした女性が、モップを手に廊下へ出て来た。

「ご苦労さま」

と、看護師が声をかける。

夜の間に清掃に入るのだろう。

その女性が、給湯室へと入って行く。

「――どうする？」

と、林が言った。

「待って。私、何か気になるの」

「何が？」

「しっ。——隠れて」

奈々子は、その清掃の女性が気になった。もちろん、大きなマスクをしていて、顔は分らないが、どこか見たことがあるようで……。

そう。——作業服を着ていても、体つきというものは変えられない。

歩き方、姿勢……。

そう。あれはきっと浜口泰子だ。

なぜ、あんなに変装して、あの記憶を失った女性の病室のあるフロアにやって来ているのだろう？

奈々子は、給湯室から出て来た女性が、モップを持っていないのを見た。手袋をした手が、ポケットから何かを取り出した。

銀色にキラリと光った。あれは——注射器のケースじゃないかしら？

まさか……。記憶を失った女性を注射で殺す？　そんなことまで……。奈々子は思わず飛び出して行きそうになったが——。

そのとき、エレベーターの扉が開いて、

「また急患よ！」

と、看護師が言いながら降りて来た。

「はい！」

「このフロアで対処してちょうだい」

「分りました」

ナースステーションで待機していた看護師たちが、何人か出て来てあわただしく動き出した。

清掃係の格好をした女性──間違いなく浜口泰子だ。ハッとして、急いで給湯室へと姿を消した。

どんな事情があるにせよ、何とか……。

「救急車が着くわ！　急いで！」

「はい！」

看護師たちの声が入り乱れる。廊下を駆けて行く姿──。

奈々子は一瞬で心を決めた。

「林さん、手伝って」

「いいけど、何を？」

「ついて来て！」

奈々子は駆け出した。

救急車で運ばれて来たのは、交通事故のけが人で、手術までは必要ないが、細かい傷がいくつもあって、手当に手間取ったのと、事故について、警察が聞き取りに来たりして、落ちつくまでは大分時間がかかった。

——やっとフロアが静かになったのは、三時間近くたってからで……。

清掃係の女性は、給湯室からそっと廊下を覗いて、息をついた。

そして、ポケットから注射器のケースを取り出すと、少しためらって、それから思い切ったように、廊下を歩いて行った。

「ナースコールよ」

という声がした。

清掃係の女性はドキッとした様子で振り向くと、小走りにその病室へと駆けて行き、扉を開けて中へ入った。

静かで暗い病室の中、奥のベッドの方へ進んで行く。——ベッドの盛り上った形が見える。

ケースから注射器を取り出すと、大きく息をついて、思い切ったようにかけてある毛布をめくった。

愕然とする。——そこに患者はいなかった。

盛り上って見えていたのは、並べた枕で、寝ているように見せかけてあったのだ。

しばし呆然としていたが——。やがて注射器をケースへ戻すと、急いで病室を出て行った。

橋の途中で、浜口泰子は足を止めた。

下を流れる川は、今はただ真黒にしか見えないが、水音はしっかり聞こえている。

浜口泰子は、ポケットから注射器の入ったケースを取り出すと、

「良かった……」

と呟いて、下の流れへと落とした。

水のはねる音さえしなかった。

泰子は橋の手すりに両手をかけて、うつむいた……。

ふと、足音に振り向く。

「浜口さん」

「まあ……滝田さん」

と、泰子は言って、「じゃあ……あなたが？」

「ええ」

と、奈々子は肯いた。「あなたが、あんなこと、喜んでやってるわけじゃないんだ、って……。きっと何か事情があるって信じてたんです」

「それじゃ――」

「誰も知りません」

と、奈々子は首を振って、「もうあの人は元の病室に戻してあります」

「そうでしたか……」

「浜口さん。話して下さい。どうしてあの女性を殺そうとまで？」

泰子は力なくうつむいて、

「やらないと……娘が殺されるんです」

と言った。

「娘さんが？」

「私が二十歳のときに生んだ子で……。当然、未婚のまま育てていました」

と、泰子は言った。「今……十四になりましたが、私の目が届かず、見てくれる人もいなくて、どうしても放っておくように……。いつの間にか、悪い仲間ができて、学校へ行かなくなったんです」

「それで……」

「叱ると、プイと家を出てしまい、仲間の所に入り浸っていたらしいんですが……」

「殺されるというのは？」

「脅迫されたんです。あの記憶を失ってる女を殺さないと、娘に大量のドラッグを注射してやると……。大量に使えば命はありません。まだ十四歳の女の子です」

「誰がそんなことを？」

「分らないんです。でも、娘が向うに捕えられているのは確かで、椅子に縛りつけられている写真をケータイに送って来ました」

「何て卑劣な！」

奈々子の声が怒りで震えた。

「でも良かった。——滝田さんが止めて下さって」

と、泰子は言った。「たとえ娘のためでも、患者を殺したら、私も生きていられなかったでしょう」

「私も、浜口さんを信じていました」

と、奈々子は言った。「助けていただいたこともあるし。——決して、やりたくてあんなことをやっていないと思ったんです」

「ありがとう！」

泰子は奈々子の手を取って、涙ぐんだ。

「娘さんがどこにいるか、見当つかないんですか？」

と、奈々子は言った。

「そうなんです。でも……このままでは……」

奈々子は大きく息をつくと、

「助け出しましょう！」

と言った。

「滝田さん……」

「そんな卑劣な犯人、こらしめてやらなきゃ！」

「でも――」

「浜口さんが下手に動くと、犯人が娘さんに何かするかもしれません。私に任せて下さい！」

「ありがとう！」

泰子は奈々子を抱きしめた。

しかし――大きく出たはいいが、奈々子だって、シャーロック・ホームズではない。

「――浜口さん」

と、奈々子は言った。「病院の中のことは詳しいでしょ」

「ええ、それは……」

「病院の中へ、向うをひきずり込むんです。そうすれば……」

「でも、どうやって?」

奈々子はちょっと考えて、

「まず、あの患者さんに死んでもらうんです」

と言った。

15 右も左も

シャーロック・ホームズだって、ちゃんと食事はしていたはずだ。

ということは、当然買物もしていた（当人がしていたかどうかはともかく）わけで、それには必要なものがある。お金である。

もちろん、タダで探偵業をやっていたわけじゃないだろう。いくらぐらい取っていたのか、訊いたことがないので、奈々子には分らなかったが。

つまりは――いくら事件に係ろうと思っても、滝田奈々子は〈ABカルチャー〉に勤めるOLであり、そこを辞めたら、たちまち食べていけなくなってしまう、ということなのである。

M病院の医師、浜口泰子の娘が何者かに監禁されて、記憶を失っている女性の患者を殺せと泰子が命じられている。

その状況に腹を立て、何とか彼女の娘を救い出したい奈々子だったが、正月休みが明ければ、出社して働かなくてはならない。

ことに、この正月明けは……。

「あけましておめでとうございます」

と、奈々子は〈QC（品質管理部）〉の〈管理課長〉として、課員を前に挨拶した。

「今日から課長として仕事をします。でも、やることはこれまでと同じで、変りません。皆さん、そのつもりで」

去年、前の課長の古田が自殺してしまい、奈々子が課長のポストを奪ったからだという話が流れたりした。

それでも、去年の間は、課長補佐の肩書で課長の仕事を事実上つとめていた。

課員がどんな反応を見せてくれるか、ドキドキしていたのだが……。

「何か要望や意見があれば、いつでも言って来て下さい。パソコンにメールをくれてもいいですし、もちろん直接声をかけてくれても。――これから学校の新学期に向けて、忙しくなります。体調に気を配って――」

話の途中で、電話が鳴り出した。

「では、始めましょう」

電話のおかげで、話を短く切り上げられて却ってホッとすると、奈々子は席についた。

ケータイが鳴り出した。課長になると会社から持たされる仕事用のケータイである。

「――はい。――あ、どうも。明けましておめでとうございます……」

仕事上の付合のある商店や学校から、次々に「新年の挨拶」がかかって来る。

「今年もどうぞよろしくお願いいたします」

で切るのだが――。

奈々子にとって頼りになる部下の岩本真由から言われていた。

「年明け早々に電話してくるのは、ただの挨拶じゃなくて、『一席設けて、飲ませろ』という催促なんですよ」

しかし、今の奈々子にとてもそんな余裕はないし、もともとそういう席が好きでない。

苦情が来るかもしれないが、そのときはそのときだ。

そんな電話に出て相手をしている内に、午前中が終ってしまった。

「――くたびれた！」

お昼休みになっても、すぐに立ち上れない。

「食べないんですか、課長?」

と、岩本真由に言われて、

「やめてよ、そんな呼び方」

と、奈々子は苦笑した。

ともかく二人で会社のビルを出る。――風が冷たく乾いていた。

「雰囲気、どう?」

と、奈々子は訊いた。「私は電話に出るだけで手一杯だったわ」

「仕事は仕事ですよ。奈々子さんはそんなこと気にしないでいいんです」

しかし――奈々子は、死んだ前課長古田の娘の清美から、

「仕返ししてやる」

という、恨みの電話をかけられている。

もちろん、十六歳の少女のことで、「仕返し」と言っても、そうとんでもないことはできないだろうが……。

仕事の忙しさだけで目が回りそうなのだ。そこまで心配してはいられない。

「――おそばにしましょ」

と、奈々子は言った。「脂っこいものは食べられないわ」

しかし、若い真由はざるそばというわけにいかず、天ぷら付きにした……。

「――お正月休みに何かあったんですか？」

と、真由に訊かれて、

「そんな風に見える？」

「疲れてらっしゃるみたいです」

「真由ちゃんにそう見えるんじゃ、相当なもんね」

と、奈々子はため息をついた。

とりあえず、真由に話しても差し支えない出来事――妹、久美の「お見合」騒動と、勘違いした相手が東京までやって来てしまったいきさつを話してやった。

真由は大笑いしていたが、振られた広川の方は笑うどころじゃないだろう。

――ほとんどの心配ごとは年を越した。

殺された中尾ルリのこと。手配されている林と寝てしまったこと。妹とTVプロデューサー砂川の関係。そして砂川の妻から持ちかけられた離婚を手伝えという話……。加えて、浜口泰子と記憶を失った女性患者の一件。

どれもこれも、一つとして解決してはいない。奈々子としては、淡々とおそばを食べながら、ため息をつくぐらいしか、することがなかった……。

午後五時のチャイムが鳴った。

しかし、誰も席を立とうとしない。帰りたそうにしている若い女性課員もいるが、周囲が一人も帰ろうとしないので、立つに立てないようだ。

奈々子はバタッと音をたててパソコンを閉じた。そして立ち上ると、

「みんな、今日は帰りましょ」

と、声をかけた。「忙しいのは、これから毎日よ。初日ぐらいは五時で帰って、ゆっくりしましょう。忙しいのは仕方ない。でも、忙しさに流されないことも大事」

奈々子の言葉に、課員が何となくホッとしたように笑った。そしてみんなバタバタと机の上を片付け始めた。

——文具を扱う〈ABカルチャー〉にとっては、これから新学年の春にかけてが忙しさのピーク。残業は連日だろう。

ことに課長としては……。

でも——こんなに本業が忙しい探偵っているかしら？

机の上を片付けて、奈々子が帰り仕度をし始めると、ケータイが鳴った。

「——はい、滝田です」

と出てみると、

「S病院の藤本です」

「あ、どうも……」

前の課長、古田の妻子が入院している病院の外科医、藤本弥生だ。

「もしお時間があれば、お話ししたいことが」

と言われて、

「はい、もちろん」

残業しないことにして良かった、と思った。

「お待たせして」

と言われるまで分らなかった。

「はあ……。あの……」

待ち合せていた、S病院の向いのコーヒーショップに現われた藤本弥生は、ジーンズに革ジャンパーというスタイルで、どう見ても二十七、八。

「すみません。白衣でいらっしゃるところしか見ていないので」

と、奈々子は言った。

「外科医は色々ストレスのたまる仕事で」

と、藤本弥生は微笑んで、「往き帰り、オートバイを飛ばしてストレス解消してるんです」

「はあ……。お似合です!」

と、奈々子は言った。

——一人暮しだという藤本弥生に誘われて、近くの洋食屋に入って、夕食を取った。

「退院したんですか、古田さんのお嬢さん」

と、話を聞いて、奈々子は言った。「それは……良かったですね」

「古田寿子さんと息子の和夫ちゃんは、まだですが。少し傷が深いので」

と、弥生は言った。「でも、あと二週間もしたら、退院できるでしょう」

「そう伺ってホッとしました」

と、奈々子は言った。「もちろん——ご主人を亡くされて、大変でしょうけど」

「それなんです」

と、弥生は言った。「あの記者会見の席で、古田さんが自殺したのは、あなたのせいだという話が」

「ええ。ひどいことになって……」

奈々子は、全く覚えのないことだと説明した。——湯川の仕組んだことだとは口にしなかった。

何といっても湯川は奈々子をどうにでもできる立場だ。

「心配だったんです」

と、弥生は食後のコーヒーを頼んで、「娘さんの清美さんが、担当している看護師に、『絶対に仕返ししてやる！』って、くり返し言っていたそうなので」

「そうですか。私にも電話で……」

「まあ、やはり？　私、一度ちゃんと清美ちゃんと話したかったんですが、その暇がない内に退院してしまって」

奈々子は、

「ありがとうございます。心配して下さって。でも、TVの報道などを信じたら、私のことを恨むのも当然ですよね」

「もちろん、まだ十六の女の子ですから、そうとんでもないことはしないと思います。でも、逆に若いから思い詰めて、とり返しのつかないことでも、とも思えて」

「用心します。やってもいないことで仕返しされたんじゃ、たまりませんから」

「会社では、大丈夫ですか?」

「まあ、内心どう思っているか分りませんが、一応、初日は無事でした」

奈々子は、湯川が仕組んだことだと、弥生に話してしまいたかったが、心配してくれるだけでもありがたい。この上、藤本弥生を巻き込むようなことをしてはいけない、と思い直した。

きちんと各自の分を払って、二人は表に出た。

「わざわざありがとうございました」

と、奈々子は礼を言って、「古田さんの奥様と坊っちゃんをよろしく」

「分りました」

弥生は微笑んで、「あなたは立派ですね。人を恨まない」

「そんなこと……。昔から振られ慣れてるからです」

と、奈々子は言った……。

——藤本弥生は、オートバイを病院の駐車場に置いているというので、S病院の方へ戻って行った。

「いい人だわ……」

少なくとも、一人は自分のことを信じてくれている、と思うことは、奈々子にとって、大きな救いだった。

駅への近道を、と公園の中を抜けようとした。——公園といっても、歩道の両側の細長い空地のようなものだが、人通りがない。

自分で「用心する」と言っておいて、ほんの二、三分の距離だから、と気にもせずに歩いて行ったが……。

目の前に不意にライトが点いて、真直ぐに奈々子を照らした。——え？　なに？

ブルル、とエンジンの音がしたと思うと、目の前からライトが突っ込んで来た。

奈々子は格別に反射神経が良いわけでないのに、真正面からぶつけられたら大変！

という思いに体が反応して、傍へあわててよけた。

「何するのよ！」

と、奈々子が叫ぶと、そのオートバイは停ってUターン。

「やめなさい！」

という奈々子の声も空しく、再びオートバイが突進してくる。

再びあわててよけたが、それは罠だった。反対側に、もう一台のオートバイがいて、よけた奈々子のすぐ側を駆け抜けた。

奈々子はオートバイのハンドルで腰を打って、痛みによろけた。

相手は二人ではなかった。さらに暗がりからライトをカッと点けて、二台のオートバイが奈々子に向って来た。

「アッ！」

思わず声を上げたのは、服をナイフらしいもので切られて、それでもコートとスーツのおかげで肌まで達していない。

「やめて！　もうやめて！」

オートバイに囲まれ、奈々子は叫んだ。「誰なの？　どうしてこんなこと——」

ヘルメットをかぶっているので顔が見えない。

カシャ！　カシャ！　と音がして、一人残らず銀色に光るナイフを手にしている。

とても逃げられない！

「かかれ！」

という声とともに、オートバイが一斉に奈々子へと襲いかかった。

四台のオートバイが四方から襲って来たら、スーパーマンみたいに空でも飛べない限りとても助からない。

もちろん、奈々子はスーパーマンではない（女であることは別としても）。

殺される！——オートバイが襲いかかるまで、せいぜい二秒しかなかったが、その間に、奈々子は考えていた。

今日の昼間の外出時の交通費、精算してなかった！　引出しの中の注文伝票、明日私がいなくても分るかしら？

ＯＬの鑑と言うべきであろう。

だが——四台のオートバイが一斉に奈々子目指して走り出した、正にその瞬間、もう一台のオートバイが突っ込んで来たのだ。

そして、二台を両側へはね飛ばしたと思うと、急速に向きを変えて、

「乗って！」

と——その叫び声は、藤本弥生だった。

奈々子は自分でもびっくりするような反射神経で、弥生のオートバイの後ろにまたがって、弥生の体を後ろから抱きしめた。

弥生のオートバイは猛然と歩道の砂利をはね飛ばしながら公園を抜けて突っ走った。

奈々子はギュッと目をつぶった。

オートバイはしばらく走り続けて、やがてスピードを落とすと、停った。

「——もう大丈夫」

弥生の声に、奈々子はやっと息をついて、

「ありがとう……ございました！」

と言った。

「あざになってますね」

弥生は、奈々子の腰に湿布薬を貼って、「他に傷は？」

「大丈夫です」

と、奈々子は言った。「服は切られましたけど」

「服で済んで良かったですね」

と、弥生は肯いて、「もちろん、服ももったいないけど」

——弥生のマンションである。


一人暮しだから、と奈々子を連れて来てくれた。


「でも、どうしてあそこに？」

と、奈々子は訊いた。

「病院からオートバイで出て、ここへ帰ろうとしたとき、たまたまあの四人が固まってるのを見かけたんです」

と、弥生は言った。「すぐに四台揃って走り出したんですけど、何だか妙な感じで。しかも、あなたの帰って行った方向だったので、もしかしたら、と思ったんです」

「助かりました！　今ごろ——たぶん死んでましたね、私」

「そうですね。少なくとも傷だらけで、出血多量ってことに……。あんまり人が通らない所ですから」

と、弥生は肯いて言った。

「でも……分りません。どうして私が殺されなきゃならないのか」

と、奈々子はため息をついた。

「でも、明らかにあなたを狙ったんでしょう。誰でもいいってわけじゃなくて」

弥生は熱いココアを作ってくれた。

「——心当りはないんですか？」

と訊かれて、

「実は……ないこともありません。でも、恨まれるようなことはしてないつもりなんですけど……。ただ、去年から色々と物騒なことに係っていて……」

「良かったら話してみて下さい」

と、弥生はソファに寛いで言った。

「はあ……」

と、奈々子は少しためらって、「でも、先生を何か危いことに巻き込んでしまったら申し訳ないと思って……」

「大丈夫です。外科医は悪いところをスパッと切り取るのが得意ですから。これは聞かなかったことにしよう、と思えば、さっさと忘れます」

「そうですか……」

少しして、何となく二人は一緒に笑い出してしまった。弥生は、

「あなた、おいくつ？」

と訊いた。

「私、三十六です」

「あら。同い年なのね」

「そうですか！　もっとお若いかと……」

「三十六歳って、危いこと好きなのかも」

「そんな年齢ってあります？」

――二人はすっかり気楽になった。

奈々子は、そもそもの初め――久美が突然上京して来たことから話し始めた……。

16　視点

洗いざらい、という言葉があるが、このとき、奈々子は本当に洗いざらい話してしまった。

中には、「これ、話さない方がいいかな?」と思うこともあったのだが、何だか堤防が決壊したかのように、自分でも話を止めることができなかったのだ。

時には、自分でも話していて何だかわけが分らなくなったりして、話があっちこっちへ飛んだりもしたのだが、藤本弥生は、訊き返したり、言葉を挟んだりせず、ただ黙ってじっと奈々子の話を聞いていた。

結局、奈々子はずいぶん長いこと一人でしゃべっていて、一応これで思い出せる限り全部かな、と話を切ったときには、額にうっすら汗をかいていた。

弥生がなおしばらく黙っているので、

「──すみません、私一人でぺらぺらしゃべって」

と、つい謝っていた。

「とんでもない」

と、弥生は言った。「よく今まで、そんな大変なことを自分の中にため込んでましたね」

そう言われて、奈々子もそう思った。

「長女ね、奈々子さんも」

と、弥生は微笑んで、「私も長女。長女は損よね。——ね、同い年なんだし、気軽におしゃべりしましょうよ」

「ああ……。いいわね」

と言って、奈々子も笑った。「私、とんでもないことまでしゃべっちゃった」

「林さんって人と寝たこと？　いいじゃないの。羨しいわ」

「え？　だって……弥生さんはもてて困るでしょ？」

「とんでもない」

「でも……」

「デートしてもね、つい相手の顔色とか爪の色とか見ちゃうの。で、『あなた、このままだと肝臓で死ぬわよ』って、おどかしちゃう。『何なら私、切ってあげるけど』ってね。メスを手にした殺人鬼とでも思われるのか、相手は二度とデートに誘っては来ない」

弥生の話に、奈々子はふき出してしまった。どこまで本当でどこからがジョークなのか、面白い人だ、と思った。

「——それにしても」

と、弥生は真顔になって、「あなたは、たぶんとんでもなく物騒な出来事に巻き込まれているのよ」

「私が？」

「そう。気が付いてないかもしれないけどね」

「それって……」

「人が殺されたのよ！　あなたの同僚が、あなたのすぐ近くで。状況からみて、通り魔じゃない。明らかにその人を狙った殺人でしょ。しかも、その人は何か重要な情報を持っていた」

「そう言ってたわ。でも、うちの社は学校とかへ納める文房具の会社よ。物騒な話とはまるで関係ない」

「そこはふしぎね。でも、きっと何か裏にあるのよ」

「そう言われると、そんな気が……」

「今夜のことだって、そう。オートバイの男たちは、あなたを脅かして面白がってるわけじゃなかったわ。はっきり、あなたを殺そうとしてた。あのまま襲われたら、あなたはきっと殺されてた」

「そうね……。でも、私が一体何を知ってるっていうの？」

「分らないわね。本当は知らないのに、連中はあなたが知ってると思っているか。それとも、あなたが、自分の知っていることが何を意味するか気付いていないか」

「でも……何も思い当らないわ」

と、奈々子は首をかしげるばかりだった。

「あなたと林さんって人とのことは、たまたまそうなったわけで、事件ってわけじゃないから」

「ええ、そうね」

「ただ、武川っていったっけ、刑事さん」

「林さんが犯人じゃないかもしれないって言ってくれた人」

「それはちょっとふしぎね」

「どうして？」

「私、知ってる人が、やっぱり身に覚えのないことで、容疑をかけられたの。結局、幸運なことに、本当の犯人が他の罪で捕まって自白したんで、潔白が分ったんだけど、そのとき思った。警察は一旦犯人だと思い込んだら、まず考えを変えないわよ。しかも指名手配までしてるんでしょ。面子《メンツ》もあるし、そんなことって……」

「じゃ、武川さんも……」

「おそらく、あなたが林さんに同情的だってことを聞いて、あなたに近付いたんじゃないかしら。林さんから、あなたに連絡があるかもしれないと思って」

奈々子はショックを受けて、

「じゃ、わざと他に犯人がいるかもしれないって話をして？」

「絶対にそうだとは言わないけど、その可能性は高いと思うわ」

と、弥生は言った。「林さんと会うときは用心した方がいい」

「私ったら！——いい年齢《とし》して、すぐ人を信じちゃうんだから」

奈々子は少々落ち込んだ。

「でも、それがあなたのいい所だと思うわよ。それに、林さんって、今、TVや映画に出てるんでしょ？　その刑事が気付かないって愉快ね」

「そう……。私の目から見ても、別人のようですもの」

「恋してるのね」

「さあ……。よく分らないわ。もう若い子みたいに、突っ走るような恋はできないって気がするし」

「そんなことないと思うわ。いくつになったって、人間、恋にのめり込むことってあるでしょう。——私は、残念ながらそういうタイプじゃないけど」

「でも、危険がある以上、あんまり林さんに近付かないようにするわ」

と言って、奈々子は胸がチクリと痛むのを覚えた。

私、やっぱり林さんに恋してるのかしら？

「――もう一つの問題は、その記憶を失った女性を巡る事件ね」

と、弥生が言った。「これは差し迫ってる問題でしょ。特に、浜口泰子さんが係ってるわけだし」

「それは、あの女性が、もし湯川に池へ突き落されたとしたら……」

「湯川って男が、どう事件に係っているかね。――今は、〈ABカルチャー〉を動かす立場だけど、〈P商事〉の取締役ってことは、およそ何でも出来る立場なわけでしょう。しかもあなたに興味を持っている」

――少しして、弥生は、

「ね。これから行ってみない？」

と言った。

「え？　どこに？」

「浜口さんの病院。その記憶を失った女性に会ってみたい」

と、弥生は立ち上って、「私、車があるから。夜ならそうかからないわ」

「ええ。ただ……」

と、奈々子が口ごもる。

「——あ、そうか！　スーツ、切られてるんだったわね」

結局、弥生の服を借りることにした。

二人は、弥生の小型車で、浜口泰子の勤めるM病院へと向うことになったのである。

「浜口さんに娘がいたなんて、驚きだわ」

車を運転しながら、弥生が言った。

「知り合いなのね？」

「先輩で、一時期同じ病院にいたこともあるわ」

——浜口泰子が、あの女性患者を注射で殺そうとして、それを奈々子と林が思いとどまらせた。

だが、その後、浜口泰子から、

「計画を延期するって連絡が入ったの」

と、ケータイへ電話して来た。

その後は、奈々子も気にしながら、どうなっているのか分らないままだったのである。

「——夜は早いわね」

車で二十分ほどでM病院に着く。

「入れるの?」

と、奈々子は訊いた。

「ええ。ここの看護師さん、何人も知ってるから、大丈夫」

と、車を停めて、弥生は言った。

実際、夜間通用口の看護師も顔見知りで、

「あら、藤本先生、何か?」

「ちょっと知り合いが入院してるの。すぐ帰るから」

「結構ですよ。どうぞ」

と、アッサリ通してくれた。

浜口泰子は当直ではなかった。

「病室、分る?」

と、弥生が訊く。

「ええ。移ってなければ」

「行きましょう」

廊下をエレベーターへ向って行くと、自動販売機の並んだコーナーがあり、そこで、パジャマにカーディガンをはおった女性が飲物のペットボトルを買っていた。

奈々子はハッとして足を止めた。――間違いなく、あの「記憶を失った女」である。

奈々子の様子を見て、弥生が、

「あの人？」

と言った。

奈々子が黙って肯く。

その女性が、ペットボトルを手に、歩きかけて、奈々子たちと顔を合わせることになった。

そして――何気なく目をそらし、すれ違おうとしたが――。

「あ……」

と、目を見開いて、弥生を見る。「あなた……」

「まあ、久しぶりね」

と、弥生が微笑んで、「矢吹ミカじゃないの」

「弥生さん……」

奈々子はそのやりとりを聞いて、

「どうなってるの？」

と言った。

「さすが劇団仕込みね。記憶を失った女を熱演してるんですって？」

その女は周囲を素早く見回すと、

「まさか、こんな所で……」

と呟くように言った。

明りがほとんど消えて、薄暗い待合室。

昼間は立って待つ人が大勢いるほど混雑するが、今はむろん誰もいない。

そのベンチに、奈々子と弥生は、「記憶を失くした女」と向い合って腰をおろした。

「私、一時お芝居を志したことがあって」

と、弥生が言った。「小さな劇団に入ってたの。そのときの後輩がこの矢吹ミカ」

「優秀な外科医の先生が、どうしてこんな所にいるの？」

「あんたも、まともな演技じゃ稼げないようね」

「お金もらって芝居する。同じよ」

「無理な理屈ね」

と、弥生は笑った。

「ミカさんっていうのね」

と、奈々子が言った。「あのとき、レストランの個室から出て来たでしょ。湯川さんがミカって呼んでた」

「池から私を助けてくれたのは、あなたの妹？　お礼を言っとくわ」

「どういたしまして」

と、奈々子は言った。「どういうことなのか、説明して」

「それは……」

と、矢吹ミカは言いかけて、「――しゃべると、私が危い目にあうことになるの」

「心配なのよ」

と、弥生は言った。「人の命を奪うほど、まともじゃない仕事をしてるんでしょ」

「私は知らないわ！」

と、ミカが言い返す。「私はただ――記憶喪失を装って入院してるだけ。それしか聞かされてない」

「耳に入ることはあるでしょう」

しかし、ミカは肩をすくめて、奈々子の方へ、

「知りたきゃ、湯川さんにちょっと訊けばいいでしょ。あなた湯川さんのお気に入りなんだから」

と、皮肉っぽい口調で言った。

「私がお気に入り？　まさか！」

と、奈々子は言い返した。

「だって、湯川さんのおかげで課長になれたんじゃないの？　そう聞いたわ」

「誰が、そんな……」

奈々子はカッとして、腰を浮かしたが、思い直して、「――たとえ湯川さんが気があっても、こっちはご辞退するわ」

「ともかく、私は裏で何が起ってるか、関心ないの。あくまで頼まれた仕事」

弥生は冷ややかに、

「ミカ、あんたは殺されそうにまでなったのに、それでも白を切る気？」

それを聞いて、ミカがさすがに目を見開いて、

「何、それ？」

「知らないの？　あんたを注射で殺そうとしたこと」

「よしてよ！　そんなこと言って、おどそうったってだめよ」

「嘘じゃない。浜口さんのこと、知ってるでしょ。あの人があなたを――」

「信じない！」

ミカは遮って、「私は何も知らない。知らないのよ」

「湯川がどうしてあなたを池へ突き落としたの？」

と、奈々子は訊いた。

「私――誰かに突き落とされた。でも誰がやったのかは見てないわ」

「そんなこと――」

「当然、それは湯川の考えだったでしょ。たぶん、この滝田奈々子さんが妹さんと歩いて来ることを知ってて、突き落とした」

と、弥生は言った。「目的は何？　冷たい池に落とされて、目的も聞かされてなかったの？」

「放っといて！」

ミカはパッと立ち上ると、「私は何も知らないのよ！」

そう言い捨てて、ミカは足早に行ってしまった。

「――びっくりしたわ」

と、奈々子が息をついて、「弥生さんの知り合いだったなんて」

「偶然ってあるものね」

と、弥生は首を振って、「でも、ミカは分ってない。ああして、何も知らないと言い張ってるけど、たぶん相手はミカのことを見張ってるでしょう。こうして私たちと話しをしたって分れば、何をしゃべったかと思われる」

「何も言ってない、と言っても、信じるかどうかね」

「浜口さんを止めた、ってことは、きっとまだミカを利用する価値がある、ってことになったのよ」

「でも、どんな価値が？」

「分らないわ」

と、弥生は言った。「でも、この病院が何か係ってるって気がするの」

「病院が？　どういうこと？」

「さあね。私の勘」

「でも……私に危険なことがあるっていうことは、久美の身だって、巻き込まれるかもしれない、ってことでしょ」

「病院、〈ABカルチャー〉、〈P商事〉。——その三つを結んで、何かが動いてるのよ」

「それで私を課長にしたわけ？」

と、奈々子がやけになって言うと、

「そうかもしれない。前の課長が自殺するとは思わなかったでしょうけど」

「え？　まさか！」

と、奈々子が目を丸くする。「〈ABカルチャー〉の課長なんか、大したことはできないわよ」

「そうかしら？　——おたくの会社、海外と取り引きは？」

「それは一応……。全体の一割程度だけど、東南アジアとか中東に、文具を売ってるわ」

「うーん……。はっきりしないけど、もしかすると……」

奈々子は、弥生の言葉を待っていたが、やがて弥生は肩をすくめて、

「今日は引き上げましょう」

と言った。

奈々子は、弥生の車で近くの駅に送ってもらった。

弥生という心強い味方ができて、奈々子は安堵していた。オートバイの連中に殺されかけたことはショックだったけど……。

電車に乗って座ると、二つのケータイを取り出した。久美からでも連絡があるかと思ったのだ。

メールは一件入っていた。しかし、それは仕事用のケータイで、何と〈ABカルチャー〉の社長の朝井からで、

〈明朝八時四十五分より、課長以上は全員第一会議室に集合。重要な議題があるので、休みは認めない〉

正月早々、何ごと？

奈々子は、まだまだ波乱があるのはこれからのような予感がして、少々気が滅入った……。

17　波乱

「仕事は九時からと決ってるんだぞ」

と、グチを言っているのが、ベテランの課長なので、そばに座っていた滝田奈々子はつい苦笑いした。

課長として、いつも部下に向っては、

「九時始業ってことは、九時ちょうどに仕事が始められるってことなんだぞ。ちゃんと十分前には机の前に座って準備するのが当然だ」

と言っているのを知っているからである。

朝八時四十五分からの会議。

正月休み明け、二日目に、突然社長の朝井が招集した会議。

一体何が議題なのやら。

「何か聞いてるか?」

と、課長同士で訊き合っているが、誰も知らないようだ。

「――滝田君、何か社長から聞いてないか?」

いきなり訊かれて、奈々子はちょっと焦ったが、

「いえ、何も」

と、素直に答えるしかなかった。

「そうか。滝田君なら、聞いてるかと思ったがな」

と、ベテラン課長が、明らかに皮肉という口調で言った。

「まだ、課長二日目ですよ」

と、精一杯反撃したが、

「しかし、滝田君は何しろ湯川さんと親しいんだからな」

と言われて、ムッとしながらも、ここで何か言い返しても相手を面白がらせるだけ、
と考え直して、腕時計に目をやった。

八時四十五分に、と言っておいて、社長の朝井が五十分になるのに、まだ来ていない。

「正月休みの疲れが抜けないな」

「ああ。女房の実家に行ったら、チビたちを乗せて、ずっと運転手だよ、参っちまう」

「しかも、『お年玉は?』って面と向って催促するからな!」

「そうそう。母親も、たしなめるどころか、『おじちゃんはお金持だから、きっと沢山くれるわよ』なんて言うんだぜ。冗談じゃねえよ!」

グチの言い合いをしていると、五十五分になって、会議室のドアが開いた。みんな、あわてて口をつぐむ。

朝井が大欠伸しながら入って来た。

正面の席に座ると、

「おはよう」

と、朝井は言った。

「おはようございます!」

小学校並みに大声で答える課長もいる。奈々子は小声で「おはようございます」と言っただけだった。

「今日、集まってもらったのは、他でもない……」

決り文句とはいえ、「他でもない」と言うほどの問題が今の〈ABカルチャー〉にあるとも思えなかったが……。

「わが社も、一段の飛躍を期して、積極的な海外進出を考えていくことになった」

海外進出? そう聞いて、居合せた誰もが顔を見合せた。

海外に工場を建てられるような大手企業ではない。多少は海外輸出もしているが、ニューヨークに支店を出す、というアイデアが十年も前に提案されて、その場で笑いをひき起しただけに終った……。

それが、業績不振で〈P商事〉の下に入れてもらったというのに、「海外進出」?

「むろん、これには〈P商事〉の意向もある」

と、朝井は続けた。「国際的企業である〈P商事〉の力を借りて、〈ABカルチャー〉の名を世界へ広めたい」

大志を抱くのは結構。しかし、とても実現不可能な「夢物語」と誰もが思っただろう。

中には、隣同士、明らかに、

「社長、おかしくなったのと違うか?」

と、目と目で語り合う姿も見られた。

しかし、朝井は一向にその場の空気に気付く様子もなく、

「今後、海外進出に向けた準備を進めて行く。一つは組織改革である。海外担当の専門の部署を作る。そのためのプロジェクトを社内に立ち上げることにする」

やれやれ、プロジェクトだのワーキンググループだのコンプライアンスだの——カタカナが増えてくると、用心だ。

何か、社員に抵抗のありそうなことをやるときは、経営者はたいていカタカナ言葉を持ち出すものだ。よく分らなくても、

「何だ、それ?」

とは訊きにくいので、分ったようなふりをしてしまう。

特に中年以上の社員となると、そうである。

「プロジェクトのリーダーは当然私だ」

と、朝井は言った。「しかし、実際に中心となって活動してもらう社員を決めた。事実上のリーダーは、滝田君とする」

——え？　滝田？

奈々子は、「私と同じ姓だわ」と思った。他に社内に滝田っていたっけ？

「滝田君」

と呼ばれて——やっと分った。

私のことだ！

「はい……」

「ご苦労だが、頼むよ」

「あの——社長」

と、奈々子はあわてて言った。「私、課長になって、まだ二日目です。今はとてもそんな——」

「すぐにやれと言ってるんじゃない。課長の仕事の合間に、色々プランを立て、リサーチして、半年後くらいを目途にプロジェクトの結論をまとめればいい」

「ですが……」

「これは業務命令だ。特に、〈P商事〉との間に太いパイプを持っている君にふさわしい役目だ」

「は……」

「では、具体的なことは追って伝える」

と、全員を見回し、「会議は終る」

さっさと立って出て行く。

少し間があって、次々にみんなが席を立ち、中には、

「まあ、しっかりね」

と、奈々子へ声をかけていく者もいた。

「太いパイプか。どんなパイプだ？」

と、いやらしい笑い声を上げて行く者もいて、奈々子はかみついてやろうかと思ったが……。

気が付くと、会議室で一人になっていた。

「──何よ、もう！」

と、わけの分らない文句を言ったが……。

ドアが開いて、

「奈々子さん……」

と、顔を出したのは、岩本真由だった。

「ああ……。何かあった？」

「いえ、奈々子さんだけ戻って来ないんで、心配になって」

「あ、ごめん。ショックで立てない」

「何があったんですか？」

真由を、とりあえず隣に座らせて、今の話を聞かせると、

「じゃ、奈々子さん、海外勤務ですか？」

「まさか！　──あいつよ！　湯川が何か企《たくら》んでるのよ！」

と、腹立ち紛れに言ったが、おそらく間違いないだろう。

「大体、これから一番忙しい時期なのに！」

と、天を仰いで、「湯川の奴、ぶっとばしてやる！」

と、拳を振り上げた。

「奈々子さん……」

「大丈夫。──少し落ちついたわ」

と、息をついた。「あなただけが頼りよ」

「私でできることなら、何でもします」

と、真由は奈々子の手を握って、「お願いですから、気を確かに持って下さいね！」

「そんなにおかしくなってた、私?」

と、奈々子は不安になって言った。


その日の昼、奈々子は一人でランチを食べていた。

真由が仕事で外出してしまったのである。

むろん、朝の会議の話は昼休みまでに全社に広まって、

「滝田さん、英語話せるんですってね」

などと、見当外れのことを言われたりした。

「——どうなっちゃうの?」

と、ブツブツ言いながら、パスタを食べていると、突然、向いの席に座った女性、

「この人と同じランチ」

と、オーダーして、「課長さんになると、さすがにハンバーガーとかじゃないのね」

はて? 派手な感じの女の子だが……。

「あなた……。ああ、分った」

「私、そんなに変った?」

と、愉快そうに言ったのは、湯川と一緒にいた、保本妙だ。

奈々子が古田をけおとして課長になったと証言した子である。

「ちゃんと自分の分は払うわ」

と、保本妙は言って、出て来たパスタを食べ始めた。

「湯川さんのお使い？」

と、奈々子が訊くと、

「違うの。あなたに謝りたくて」

「どうして？」

「面白半分で、湯川に頼まれてあんなことしたけど……。申し訳なかったわ」

と、真顔になって、「私、湯川があんな人だなんて思わなかったの」

と言った。

何があったのか分らないが、こういう女の子を怒らせると怖い。損得抜きで腹を立てるからだ。

いい年齢の大人なら、湯川の機嫌をそこねない方がいい、とか考えるだろうが、保本妙にそんな思いはない。

「何があったの？」

と、奈々子が訊くと、

「ともかく頭に来るの」

と、答えになっていない。

「ねえ、保本さん――」

「妙ちゃんでいいわ。奈々子ちゃん、って呼ぶから」

十代の子に「ちゃん」付けで呼ばれるのは抵抗があったが、まあここは我慢しよう。

「妙ちゃん、あなたが湯川さんについて知ってることがあったら教えて」

と、奈々子は言った。「何だか、私、妙なことに巻き込まれそうな気がするのよ」

「いい勘してる。きっとそれって正しいわ」

「じゃあ……」

すぐにも話を聞きたかったが、昼休みが終ってしまう。

「今日、帰りに会える？」

「うん、いいよ」

とりあえず約束して、ケータイの番号を訊いてから、

「仕事に戻らないと」

と、奈々子は水を一口飲んだ。「ここは払うわよ」

と、保本妙の伝票も手に取った。

「あ、本当？　悪いわね」

「これぐらい、いいわよ」

と、立ち上る。

「奈々子さん」

「――え？」

「あなたって、いい人ね」

「ちゃん」が「さん」になっている。

「普通の人だと思うけど」

と、奈々子は言った。「でもね、用心して。どんな理由か分らないけど、私、殺されそうになったの。去年は、私の同僚が殺されてるし。もちろん、どれがどうつながってるのか分らないけど、用心に越したことないわ」

「ありがとう。――ね、待って！」

妙は出て来た食後のコーヒーを、たっぷりミルクを入れて一気に飲むと、「――一緒に出る！」

「え？」

「一人になりたくない！」

仕方なく、奈々子は二人分の支払いをして、一緒に表に出た。

横断歩道が赤信号で、足を止めると、妙が奈々子と腕を組んで、ぴったりくっついて来た。

「どうしたの？」

「奈々子さんについて行く」

「だって——会社に戻るのよ」

「アルバイトする！　雇って！」

「そんなに急に……」

奈々子は面食らっていたが——。

信号が変るのを待っていると、奈々子が手にしていたポーチが、突然破れた。

「え？」

見れば、ポーチに穴が開いているのだ。——どうして突然？

すると、何かガラスの割れる音がした。振り向くと、斜め後ろのショーウインドのガラスに穴が開いている。

撃たれてる！　奈々子は、

「妙ちゃん、伏せて！」

と、妙の腕を引張ってかがみ込んだ。

オートバイの音がした。

黒いヘルメットの男が、オートバイを走らせて行った。

「大丈夫？」

と、奈々子が訊く。

「うん……。今のって……」

「撃たれるところだった」

妙は、ショーウインドを見て、目を見開くと、

「狙われたの、私たち？」

「らしいわね」

幸い、他の人に当ったりはしていないようだ。

しかし、後ろの店では、店員が気付いて騒ぎになっている。

「腕が悪かったみたいね」

と、奈々子は言った。

横断歩道の信号が青になって、他に待っていた数人が渡って行く。

こんな人の多い所で！　弾丸が、二人だけでなく、誤って他の通行人に当っていたかもしれないのだ。

「――妙ちゃん。警察を呼ばないと。あなた、今のレストランに戻って、待っていて」

奈々子もさすがに腹が立っていた。

黙って引込んじゃいられない！

大体、ポーチに穴開けられて。

奈々子は無事だったケータイを取り出すと、あの武川刑事に連絡した。

「しかし、滝田さんの正体は何ですかね？」

と言われて、滝田奈々子はいささかムッとした。

「武川さん、それ、どういう意味ですか？」

と訊き返す。

武川刑事と二人、やって来たのは、信号待ちをしている奈々子と保本妙を狙った銃弾が穴を開けたショーウインドの店。

弾丸は奈々子のポーチに穴を開けたのだが、その店はたまたまバッグ屋さんだった……。

「ともかく、大変なんですよ」

と、店の責任者らしい、頭の禿げた男性が不平を言った。「あれ一枚、高いんですからね」

「ともかく、滝田さんは狙撃された。しかも状況を聞くと、犯人は銃に、おそらくサイレンサーを付けていたと思われます」

と、武川が言った。

「ええ。銃声を耳にした覚えはありません」

と、奈々子は言った。

「だからこそ、ですよ。サイレンサー付きの拳銃を使うなんて、プロの仕事です。そういう人間に狙われるというのは、やはり普通じゃありません」

「あのですね――好きで狙われたわけじゃないんです！」

と、奈々子は言い返した。

「あの……店が開けられなくて……」

と、店の男が口を挟む。「早く終わらせてくれませんかね」

銃弾は、二発。一発はポーチに当った後、方向を変えたらしく、見付からない。もう一発は、ショーウインドに穴を開け、店の中に飛び込んで、売場のガラスケースの上に置いてあった置時計に当っていた。

今、鑑識の人間が弾丸を時計から取り出したところである。

「このガラス代と時計代は、誰かが払ってくれるんですか？」

と、店の男が奈々子の方を見ながら言った。

奈々子はカチンと来て、

「私は殺されかけたんですよ！」

と言った。「私が払わされるなんて、おかしいじゃないですか！」

「それはそうですが……。結局あなたに弾丸が当っていれば、うちの店は無事だったわけで……」

ますます頭に来た奈々子は、ショーウインドを粉々にしてやろうかと思った……。

「——一緒にいた女性は？」

と、武川が訊いた。

そう。狙われたのは、もしかすると保本妙の方なのかもしれないのだ。

「あの子は私の会社にいます。そこのレストランに戻ってたら、って言ったんですが、怖いと言って」

「では、彼女の話も聞きましょう」

と、武川は言った。

「あの——私、先に社に戻ってもいいですか？　仕事がたまっていて」

「分りました。ここが済んだら伺いますよ」

「よろしく」

バッグ屋の男が、まだ、

「犯人が捕まったら、弁償してくれるんですかね」

と、未練がましく言っているのを後に、奈々子はその店を出て、急いで会社に戻って行った。


事実上、課長の仕事を前からこなしていたとはいえ、本当に課長になってみると、本来の仕事以外にも山ほどしなければならないことがあると分った。

今も、あんな危い目にあっても、仕事はお構いなしに入ってくる。

「課長、承認印を」

「この請求はどうしましょう？」

「先方は聞いてないと言ってますが」

――次から次へと、「課長」が決めなければならないことが舞い込んでくる。

中には、

「それぐらい、自分で決めろ！」

と怒鳴りたくなることもあるが、そこは新米課長である。

「はいはい」

と、相手をしていると、自分の仕事ができない。

しかも――席を空けていた間に、メモが一枚。

〈海外プロジェクトの打ち合せ。本日二十一時より。社長室〉

二十一時って……夜の九時？

「冗談じゃない……」

と、思わず呟いた。

そして思い出した。保本妙のことを。

「ね、私が連れて来た女の子、どこにいるの？」

と、受付の女性に訊くと、

「あ、応接室です。小さい方の」

「ありがとう」

「大きい方」があるわけではなく、もともと小さい応接室が二つしかない。

その、より小さい方のドアを叩いて、

「妙ちゃん」

と呼んでから中へ入ると、妙はソファにかけたまま、眠ってしまったようだ。

「起きて。今、刑事さんが――」

と、中へ入って、何かをけとばした。

え？――足下を見て、目を丸くした。

落ちていたのは、黒光りする拳銃だったのである。思わず拾って、

「どうしてこんな物が――」

まさか！　奈々子は妙の肩をつかんで揺さぶった。

妙の体はゆっくりと横に倒れた。

「え……。そんな！」

背中に、血が広がっていた。その真中に銃弾の穴が……。

「大変！　――どうしよう！」

あまりに思いがけないことで、奈々子も呆然と立ち尽くす。

すると、ドアが開いて、

「お茶、いれましょうか?」

と、受付の女性が顔を出した。「あの……」

その視線が、倒れている妙ではなく、自分の手もとに向いているのを見て、奈々子は気付いた。拳銃を持ったままだったことに。

「あの……撃ったんですか?」

と言われて、

「違うわよ! そんなわけないでしょ! これはそこに落ちてたのよ!」

と、奈々子は拳銃を床へ放り投げた。

床に落ちたとたん、暴発した。受付の女性が飛び上って、

「助けて!」

と叫びながら駆けて行く。「滝田さんが——人を撃ち殺した!」

「ちょっと! とんでもない!」

奈々子はあわてて応接室を飛び出した……。

18　隠れ家

「ああ……参った！」

マンションに帰り着くと、奈々子はしばらくソファに引っくり返って、動けなかった。

「どうなってるのよ！」

誰に向って言っているのでもなかった。

あえて言えば、天井に向って、「神様に文句をつけている」というところか。

――それにしても、誰が、どうしてあの保本妙を殺したのか？

何か知っていたことは確かだ。しかし、どうして会社の応接室で？

受付の女性は、銃声を聞いた記憶がないと言っていた。

保本妙は一人であそこにいた。

犯人はどうやって応接室へ行ったのだろう？

受付の前を通らなくては行けないはずだ。もちろん、受付にいつも必ず人がいるとは限らないが……。

それにしても……。

武川刑事に、奈々子は何度もくり返し状況を話した。

武川も、あんな所で奈々子が妙を殺すのはあまりに不自然だと思ったらしい。

一応、逮捕されずにすんだが、

「勝手に遠出しないように」

と言われていた。

勝手に、って何よ！

奈々子は腹が立ったが、ともかく帰宅できただけでも良かった。

藤本弥生が言ったように、奈々子は何か大きな犯罪に巻き込まれているのだろう。人が拳銃で射殺されるなんて、とんでもないことだ。

でも、どうして私が？　それとも〈ABカルチャー〉が、だろうか。

やけになって、何か食べようかと冷蔵庫を覗いていると、ケータイが鳴った。

林からだ！　奈々子は急いで出た。

「やあ、大丈夫かい？」

と、林が言った。「今日、会社のビルの近くへ行ったら、パトカーが停ってて大騒ぎだった。何かあった？」

「あったどころじゃ……」

奈々子がザッと事情を説明すると、

「そいつは……。しかし、君も危なかったんだな」

「まあね」

サイレンサーを付けた拳銃。——あのオートバイの男が、保本妙を殺したのかもしれない。弾丸を調べれば分るだろう。

「用心してくれよ」

と、林はため息をついた。

奈々子は、声を聞いて、急に胸をしめつけられるような思いがした。

「今、一人でいたくないの」

と、自分でも分らない内に言っていた。「林さん、これから会える?」

「いいけど、もちろん……。どこに行こうか」

「ともかく、顔が見たいわ。このマンションは妹がいるから無理だけど、会ってから決めましょう」

「君のマンションの方へ向えばいいのかい?」

「一つ手前の駅前に、広いスペースがあるの。商店が並んでて、屋根もあるわ。そこに
——来られる?」

「行くとも」

と、林が力強い口調で言うと、奈々子は嬉しくなった。

「林さん！」

奈々子はベンチから立ち上って、広場に入って来た林へ手を振った。

林は小走りにやって来ると、

「大変だね。しかし……」

言い終えない内に、奈々子は林を抱きしめて、しっかりキスをしていた。

「──ごめんなさい」

と、やっと離れると、「もうわけが分らなくて、このままじゃ、気が変になりそうだわ」

と言った。

「ともかく、ここにいても仕方ない。どこかホテルにでも……」

「ええ」

と肯いて、奈々子は林の腕をしっかりと取った。「話は後！　私を思いきり抱きしめてね」

二人は、人が行き交っている広場を、駅の方へ歩き出したが、奈々子はピタリと足を止めた。

数人の男が、行手に並んでいた。

「――武川さん」

と、奈々子は呟いた。

武川刑事が、その真中に立っていたのだ。

「滝田さん」

と、武川は言った。「林克彦ですね、その男が」

まさか……。どうしてここに？

林が、奈々子の腕をほどくと、

「僕のことは放っておいてくれ」

と言った。

それを聞いて、奈々子は血の気のひくのを感じた。

「違うの！　林さん、私が知らせたんじゃない！」

自分が警察に林を「売った」と思われている！　それは耐えられなかった。

「いいんだ」

と、林は言った。「いずれこうなるはずだった」

武川が歩み寄って来た。

そのとき――突然、奈々子は飛び出すと、武川の正面からぶつかって行った。

不意をつかれて、武川は仰向けに引っくり返った。

奈々子は、林の手をつかむと、

「来て！」

と、強く引張って駆け出した。

林は危うく転びそうになりながら、ともかく奈々子に引張られて、人の間を抜けて走った。

「待て！　止れ！」

という刑事たちの声。

追って来る足音も、一瞬は聞こえたような気がしたが、もう何も耳に入らない。

奈々子は林を引張って、商店街の中を駆け抜けると、暗い外の道へと出た。

「滝田君――」

「走って！」

奈々子は足取りを緩めなかった。

遠くへ。――少しでも遠くへ。

奈々子は自分が今、「逃亡者」になっていることなど、考えてもいなかった。

ともかく――どれくらい走っただろう。

奈々子は息が切れ、心臓が破裂しそうになって、やっと足を止めた。

「林さん……。大丈夫?」

訊いている奈々子の方が倒れそうだった。

「まあ……何とか……」

林の方も、答えるのがやっと。

小さな公園があった。そこのベンチに、とりあえず二人は腰をおろした。

しばらくはお互いの荒い息づかいばかりが聞こえていたが……。

奈々子はもう一度林にキスした。

「――滝田君」

「奈々子と呼んで」

「まあ、それでもいいけど、どうして逃げ出したんだ?」

「だって――私が密告したって思われたらたまらないと思って」

「僕はそんなこと、考えてないよ」

「でも、さっき、刑事たちを見たら、急に冷たくなったじゃないの」

「それは、君が僕に脅されて、いやいやついて来ている、ってことにしなければいけないと思ったからさ」

「そうだったの! てっきり、私……」

と言いかけて、奈々子は笑った。「林さんに疑われるなんて、絶対にいやだったの」

「そのせいで、警察から逃げることになったんだぜ」

「いいの。一度やってみたかったの、〈逃亡者〉って役回りを」

「呑気だなあ」

と、林は呆れている。「これからどうするんだい？」

「何も考えてない。——というより、何も考えない間に駆け出してた」

「だけど、刑事たちの前で、逃亡犯と一緒に逃げたんだよ。しかも、刑事を突き飛ばして」

「あ、忘れてた。武川さんを突き飛ばしてたわね、私」

と言って、奈々子は何だか知らないがおかしくなって笑ってしまった。

林も一緒に笑うと、

「やれやれ。これで僕の役者人生も終りだな。——いい経験をさせてもらった。しかし、まだ収録途中のドラマがあったんだ！　迷惑かけちまうな」

呑気な点では、どっちも似たようなものだった。

「でも、林さんは犯人じゃないんだもの」

「そうだけど……」

「こうなったら……。本当の犯人を二人で見付けましょ。そうすりゃ、捕まらなくてすむわ」

「理屈はそうだけど、そう簡単にいくかい?」

「ともかく疲れた! ね、どこかに泊って、ゆっくり相談しましょ」

「泊って、って……」

「ホテル……は危いかな。手配が行ってるかもしれないわね」

と、奈々子は少し考えていたが、「——ね、あそこはどう?」


出入りがやかましいと言いながら、結構〈顔〉がきくのがTVの世界。

「や、どうも」

と、林が手を上げて見せると、

「ああ、ご苦労さん」

と、ガードマンが会釈する。

夜中に出入りする人間は珍しくない。

「——腹空いたろ?」

と、林が言った。「夜中でもカレーとラーメンだけは食べられる」

自動販売機! ——奈々子は温いカレーライスがちゃんと食べられるのに感動してしまった。

アッという間に平らげて、

「ラーメンも食べたい」

まるで高校生である。

やっとお腹が落ちつくと、静かな廊下を辿って、前に寝かされた〈宿泊室〉へ。

「――誰もいない」

と、林が中を覗いて、「明りは消しとけば大丈夫。一晩ならここまで捜しに来ないだろ」

何だか二人とも開き直った感じである。

いつ、スタッフの誰かが入ってくるかもしれないので、さすがにここで「愛を確かめ合う」のは無理だろうが、それでも奈々子は林としっかり抱き合って、かなり熱のこもったキスをした。

「――カレーの味がした」

と、林が言った。

二人は並んだベッドに腰をおろすと、

「犯人を見付けなきゃ」

と、奈々子が言った。

「何かあてがあるのかい？」

「たぶん――これって、〈ABカルチャー〉が係ってるの」

「文房具の会社が、どうして？」

「突然、湯川がやって来て、〈P商事〉なんて大手商社の下に入ったでしょ。それって普通じゃないわよ」

「しかし……」

「ちょうど、それに合せるように、中尾ルリが殺された。そして、私が強引に課長にされて、古田さんが自殺……」

「それも何か関係があるのかい？」

「湯川が、私なら思い通りになると思ったんじゃないかしら。とんでもない話だけど」

「君のことを知らなかったんだな」

「それにね、年が明けて、社長がとんでもないことを言い出したのよ」

奈々子は、〈ABカルチャー〉の「海外進出」の話をした。

「――本当は今日そのための打合せがあるはずだったの。保本妙さんが殺されて、それどころじゃなくなったけど」

「海外進出か……」

「ね、おかしいでしょ？　海外どころか、国内だっていつ潰れるか分んないっていうのに！」

「そんなにひどいのか、今？」

「良くはないわね。潰れるってのはオーバーかもしれないけど、リストラぐらいあってもふしぎじゃない。私、課長になってよく分ったわ」

「だが、それが事件とどう結びつくんだ？」

「それを調べるのよ！」

と、奈々子は強調した。

カレーとラーメンを食べたら、やたら元気が出て来たらしい。

「湯川は直接何を訊いたって答えないでしょうね」

と、奈々子は少し考え込んでいたが、「――そうだ！　もっと近くにいい証人がいたわ」

「誰だい？」

「社長」

「朝井社長？」

「そう、〈ABカルチャー〉社長。社長はいつも偉そうにしてるけど、凄く気が小さいのよ」

「ああ、それは分るね」

と、林は肯いて、「僕に見抜かれてるようじゃ、社長も情ないな」

「ちょっと本気で脅してやれば、ペラペラしゃべると思うわ」

「無理にしゃべらせても、証拠にならないんだよ」

「いいのよ。ともかく真相を知るためなんだから」

かなり強引な理屈だと自分でも承知している。「——ちょっとトイレに行ってくる」

奈々子は〈宿泊室〉を出て、廊下の先のトイレへと急いだ。

そして……。

「お腹一杯になったら、眠くなって来ちゃったな……」

犯人捜しのために、あれこれ考えなきゃいけないのに、ウトウトしてちゃ……。

しかし、トイレを出た奈々子はいやでも目が覚めることになった。

そこにいたのは——妹の久美だった。

しかも、プロデューサーの砂川としっかり抱き合ってキスしていたのだ。

まさか、こんな所で出会うなんて！

でも、幻じゃないわよね、などと思いながら立ち尽くしていると、久美の方で奈々子に気付いて、

「キャッ！」

と声を上げ、砂川から離れた。

そして、目を丸くして、

「お姉ちゃん！　何してるの、こんな所で」

こっちも訊きたい、と思ったが、この場合は訊かなくても分っている。

「うん、ちょっと〈宿泊室〉に泊めてもらおうと思ってね」

「〈宿泊室〉に? どうしてマンションに帰らないの?」

「それが……。帰ると逮捕されそうなの」

ここは正直に言うしかない、と思った。

19　協力態勢

「へえ……」

久美としては、そう言うしかなかっただろう。

〈宿泊室〉で、奈々子と林は、久美と砂川に事情を説明していた。

「いや、びっくりだ」

と言ったのは砂川だった。「滝田克夫が、手配中の逃亡犯？」

「この人はやってないのよ！　信じて！」

奈々子の剣幕に、

「もちろん、分ってます！」

と、砂川があわてて言った。「ただ、年中TVに出てるのに、分らなかったなんて」

「しかも、お姉ちゃんの恋人……。やってくれるわね」

「あんたに言われたくない」

と、奈々子は顔をしかめた。

「でも——お姉ちゃんが捕まったら、私、番組、降ろされるわね」

と、久美は青くなって、「ね！　犯人を見付けましょ！」

動機はどうあれ、久美は奈々子に協力することにした。

「それに、久美だって初めから係ってるのよ。中尾ルリが刺されてるのを見付けたのは久美だもの」

「あ、そうか。——あれ、まだ解決してないの？」

「TV局にいるのに、それも知らないの？」

「だって……TVは先のことしか考えないもの。過ぎたことは忘れるの」

「そうはいかないでしょ。——そのプロデューサーさんとのことだって」

「そう言われると……」

と、砂川は照れている。

砂川の妻、恵子は、何もかも知っているのだ。今に泣くことになるわよ、と奈々子は心の中で言った。

「でも、その朝井とかいう社長さんから、どうやって話を聞くの？」

「取っ捕まえて、髪の毛一本ずつ抜いてやる」

「怖いわね」

「少々痛い思いさせないと、白状しないでしょ。白状させるためなら、何でもするわよ」

と、奈々子は冷酷な〈女殺し屋〉みたいだった。

「待って下さいよ」

と言ったのは砂川だった。「今、朝井って言いました?」

「ええ」

「〈AB〉何とかの社長ですか?」

「〈ABカルチャー〉。そこの社長よ。どうして?」

「朝井康治っていう人ですよね」

「そう。知ってるの?」

「直接知ってるわけじゃありません。でも、朝井はある女性タレントと親密なんです」

砂川の言葉に、奈々子は林と顔を見合せた。

「まさか……。あの社長が?」

「誰なの、その女性タレントって?」

と、久美が訊く。

「うん……。まあ、TVの人間なら、たいていは知ってる。加納邦子さ」

「え? 加納さんって、先週ゲストで番組に出てたわよね」

「そうだ。偶然だね」

と、砂川が言うと、奈々子は、

「いいえ！」

と、即座に言った。「偶然じゃありません！　これは運命です！」

「お姉ちゃん……」

「その加納さんって人は？」

「元はこの局のアナウンサーです」

と、砂川は言った。「美人なんで、ともかくもてます。どこでどうして知り合ったのか知りませんが」

「朝井社長には奥さんがいる。――うん、使えるわ！」

と、奈々子は言った。

眠気はどこかへ飛んで行ってしまった……。


普通の三十代半ばの女性なら、夜中の二時三時に呼び出されたら腹を立てるだろう。

しかし、加納邦子はそうではなかった。

「内密の話がある」

TV局のプロデューサーからそう言われたら、眠っているところを起こされたとしても、胸がときめく。

かつて人気アナウンサーだった加納邦子は、今やタレントとして名が知られるようになっており、この春には映画への出演も決っている。アナウンサーだったころ、もちろんまだ若かったせいもあるが、夜中の電話で、

「おい、緊急のニュースだ！」

と叩き起こされるのが、何ともいえず快感だったものだ。

今は臨時ニュースを読むことはないが、古巣のTV局のプロデューサーから呼び出されて、

「何ごとかしら？」

と、手早く身仕度しながら、胸をときめかせていたのである。

スマホでタクシーを呼び、TV局へ。

その素早さは、アナウンサー時代にきたえられたものだった。

「やあ、こりゃどうも」

夜中のガードマンも、昔からの顔なじみだ。

「お元気？」

「ええ。仕事ですか？」

「急な打合せなの」

「ご苦労さまです」

と、ガードマンが敬礼までしてくれる。

すっかりVIP気分で、加納邦子はかつて通っていたスタッフルームへと向った。

ドアをノックすると、返事を待たずに開ける。

「やあ、すまないね」

砂川は邦子と同期入社で、今は局のプロデューサー。友達付合である。

「どうしたの、内密の話って?」

と、椅子を引いて座ると、「私のスキャンダルでもばれたかしら?」

もちろん冗談である。いくら人気があったといっても、スキャンダルで騒がれるような大物ではない。

「実はそうなんだ」

と、砂川が言った。

真面目なその表情に、邦子は初めて不安になったが、

「――おどかさないでよ」

と、笑って見せて、「私が人を殺したとでもいうことじゃなきゃ、ニュースのネタにならないわよ」

「殺したかもしれないんです」

と、女の声がして、びっくりした邦子が振り向くと、衝立の向うから、見知らぬ女性

が現われた。

「――誰なの、あなた？」

と、邦子は眉をひそめて、「変な言いがかりはよしてちょうだい」

「申し遅れました」

と、女は言った。「私、〈ＡＢカルチャー〉の社員で、滝田奈々子と申します」

〈ＡＢカルチャー〉と聞いて、邦子はちょっと座り直した。

「それじゃ、あなた――〈ＡＢカルチャー〉の朝井さんと私のこと……」

「社長と親しくしてらっしゃるんですね」

と、奈々子は言った。

「それが何なの？　私も朝井さんも大人よ。そりゃあ、あちらには奥さんがいる。でも、それを承知で私たち、『大人のお付合』をしてるの。それがどうしたっていうの？」

と、まくし立てるように言ってから、「今、『殺した』とか言った？」

と、やっと気付いて言った。

「ええ、言いました」

「何の話？　私、犯罪に係ったことなんかないわよ。朝井さんだって……」

「社長を大切に思っておられることはよく分ります」

と、奈々子は言った。「私も、〈ＡＢカルチャー〉を愛しています。会社が重大な犯罪に巻き込まれるのを見ているのは辛いんです」

「重大な犯罪？」

「朝井社長。〈P商事〉の湯川取締役。そして中尾ルリ」

奈々子はただ三つの名前を並べた。

ただの名前だが、邦子には何か思い当ることがあったらしい。表情をこわばらせて、

「湯川さんのことは知ってるけど……。でも、私は特別親しくないのよ！」

突然、むきになった。湯川と何か「あった」と白状しているようなものだ。

「もちろんそうでしょう」

と、奈々子は無表情に肯いて、「でも、朝井社長がそう信じるでしょうか？　いえ、社長はうすうす感付いているはずです。その証拠に、このところ朝井社長からの連絡がほとんどなくなっていませんか？」

邦子が、「まさか」という顔で、目を泳がせた。――奈々子のでたらめな直感（？）が的中したようだ。

「湯川さんはプレイボーイで有名です」

と、奈々子は続けた。「でも、何よりもまず、今回の事件の黒幕として重要な立場にいます。そして、朝井社長は、湯川さんの言うなりに動く、忠実な子分。――お分りですか？　湯川さんと朝井社長の間にあなたがいるんです」

「だから……どうだって言うのよ」

明らかに邦子は怯えていた。

「中尾ルリは殺された。保本妙も殺された。――湯川さんにとって、女はしょせん使い捨ての駒なんです」

「私は……ただ湯川さんと……ちょっと遊んだだけよ」

「あなたはそのつもりでも、朝井社長はどう思ったでしょう？　好きな女を湯川さんに取られる。社長はわがままな人です。大した企業でもない〈ABカルチャー〉なのに、社長としてのプライドは人一倍強い。その愛人を、湯川さんに奪われた。その怒りを、湯川さんは察しています」

「でも……」

「相変らず、湯川さんはやさしいですか？　そうでしょう。いえ、これまで以上にやさしくて、『何でも買ってやるぞ』とか約束しませんでしたか？」

図星なのだろう。邦子が青ざめた。

「なぜ、湯川さんがやさしくなったか。――仕事のためには、朝井社長と争うわけにいかないのです。仲間割れすれば、計画がだめになるかもしれない。大金を損するだけでなく、警察がそこにつけ込んで、摘発にかかるかもしれない。〈P商事〉は怪しいと思われてるんですよ。だから〈ABカルチャー〉を使って、仕事をしようとしているのに、あなた一人のために、すべてがご破算になってしまうかもしれない」

　奈々子は、どんどん話を作って行った。

「それを避けるためには、トラブルの元を取り除くしかない。それが何かお分りですね」

「それって……」

「そう。あなたです」

「だけど……」

「ご自分じゃ、ただ男二人と遊んだだけってつもりでしょ？　でも、それが湯川さんたちの仕事の邪魔になったんですよ。その結果……」

「――その結果？」

「あなたは殺されようとしています」

「まさか……」

　邦子が大きく目を見開く。

「もちろん、湯川さん自身は手を下しません。やるのはプロです。保本妙さんを殺した人間……」

「私、そんなこと……知らないわ！　何も知らないのよ！」

　と、邦子は叫ぶように言った。

「そう言っても、殺しのプロには通じませんよ。それに、あなただって、今度の仕事についていて、湯川さん、そして朝井社長とベッドを共にしているとき、少しは小耳に挟んだでしょう？　仲間内の連絡や伝言やメモや。——そんな物を目にしたでしょう？　それだけでも、あなたの口をふさがなくてはならない理由になります」

「知らない！　何も見てないし、何も聞いてない！」

「加納さん。あなたが助かる道はただ一つ。知っているだけのことを、警察に行って、話すんです。そうすれば、警察はあなたを保護してくれます」

警察と聞いて、邦子は息を呑んだ。

「いやよ！　とんでもない！　警察なんかに行ったら、それこそスキャンダルだわ！　私、もうこの世界でやっていけなくなっちゃう！」

「考えて下さい。命とどっちが大事なんですか」

「そんな……。大げさよ！　私を殺すなんて……」

邦子は砂川の方へ、「砂川君！　何か言ってよ！　友達でしょ！」

と、助けを求めた。

「いや、僕に言われても……」

と、砂川が口ごもる。

すると、スタッフルームの電話が鳴った。

砂川が出ると、

「——うん、ここにいる。——何だって？　何の用か言ったか？」

砂川が邦子へ目をやった。

邦子が声をかけようとしたが、奈々子は止めた。砂川は、

「分った。しかし、何か怪しいようなことが——」

バン、という大きな音が電話から聞こえて、砂川は目を丸くした。「——もしもし？　おい！」

砂川は受話器を置いて、

「切れた。今のは……」

「銃声じゃありません？」

「そうかな……。ガードマンが、妙な男が加納君がどこにいるか訊いた、と」

「じゃあ……」

「スタッフルームだろうと言ったら、どこにあるのかも聞かずに入って行ったと」

「どういうこと？」

と、邦子が言った。

「もしかしたら……加納さんを殺しに来たのかも」

と、奈々子が言った。「銃声がして、ガードマンが答えなかった、っていうことは

……。その可能性があります！」

「やめてよ！」

邦子が立ち上って、「どうしてくれるのよ！　スタッフルームって言っちゃったんでしょ？」

「落ちつけ。スタッフルームはいくつもある。ここにいるってことは分らないさ」

と、砂川がなだめる。

「でも、中へ入った男が、ガードマンが電話しているのを聞いて、戻って撃ったとしたら、かけた先を知ったかもしれないわ」

と、奈々子は言った。「砂川さん、加納さんを連れ出して下さい。もし、ここへ向ってるのなら、時間がないわ！」

「そうだな。――行こう」

「どこへ？」

「ともかく、タクシーで、この建物から出るんです」

と、奈々子がせかせる。「殺し屋に狙われたら、どこまでも追って来るかも。ご自宅は当然知ってるでしょうし」

「じゃ、どうしろって言うのよ！」

邦子は完全にパニック状態。

「警察へ行くんです！　そして保護を求めるのが一番ですよ」

「そんな……」

「ともかく、ここを出よう」

と、砂川が言った。

「そうですね。私も出ます」

と、奈々子は言った。「私、向いのメイクルームに隠れて、様子を見ていますから。お二人はタクシー乗場に」

「分った。さあ！」

砂川に腕を取られて、邦子はあたふたとスタッフルームを出て行った。

奈々子はホッと息をついた。

ケータイが鳴った。

「――もしもし、林さん？」

と、奈々子は言った。「予想以上に効果あったわよ！　ご苦労さま。――え？」

「違うんだ」

林の声は真剣だった。「とんでもないことになった」

「どうしたの？　銃声も林さんが聞かせたんでしょ？」

砂川へはガードマンでなく、林がかけていたのだ。そして撮影用のピストルで銃声を聞かせた。砂川も、久美に言われて協力していたのである。

ところが——。

「銃声が思いの他大きかったんで、ガードマンに聞こえてると、何ごとかと思うだろ。それで今、ガードマンの所へ来てみたんだけど……」

「どうしたの？」

「死んでる」

「——何ですって？」

「撃たれてる。心臓に一発だ」

「そんな……。でも、銃声は……」

奈々子を狙った銃は消音器を付けていた。

——それでは、本当に、ここへ殺し屋が向ってる？

「大変だわ」

奈々子はあわててスタッフルームを出ると、エレベーターの方へ目をやった。廊下の角に隠れて見えないが、チーンと音がして、このフロアに停ったのが分る。

大急ぎで、目の前のメイクルームへ飛び込んだ。

「林さん！　聞いて！」

と、ドアを閉めると、押し殺した声で、「私の言ったことが事実になっちゃったのかもしれない。武川刑事に電話して！　この局へ来てもらうように」

「分った。君は大丈夫か？」

「隠れてるから、このケータイにかけないで」

「了解」

メイク室の暗がりの中に身を潜める。

しかし――エレベーターの方から、一向に足音がしないのだ。

「まさか……」

もし、本当の殺し屋がこの局へ来ていたとしたら、林が撃った銃声を聞いている。どう考えただろう？

ともかく、何が起ったかは分らなくても、銃声を聞いたら、逃げ出そうとするのが普通だ。ということは――。

「大変だ」

もしかして、地下にあるタクシー乗場に、殺し屋が向っているかもしれない！

メイクルームを飛び出すと、エレベーターへと走る。

四台あるエレベーターの内、一台が下りつつあった。表示がある。

「地階へ行くわ」

本当にタクシー乗場に？

奈々子はエレベーターのボタンを押した。しかし、深夜は節電で、一台しか動かしていないのだ。

「もう!」

待っていられない。——奈々子は〈非常口〉という明りの点いたドアへと走った。非常階段へ出る。

階段を駆け下りた方が早い!

奈々子は階段を飛ぶような勢いで下りて行った。途中で二回転んだが、痛くも何ともない。

もし本当に、加納邦子と砂川が撃たれていたら——。

まさか、と思ったが、行き当りばったりで邦子を脅したのが、実は事実を言い当てていたのではないか。

そんな気はなくても、自分のせいで人が殺されるなんて、絶対にいやだ!

「——地階だ!」

駐車場になっていて、その隅にタクシー乗場がある。TV局は深夜でも乗る人間がいるので、客待ちしている。

ドアを開け、奈々子は駐車場へと駆け込んで行った。

20　行き止り

駐車場は静まり返っていた。

足を止めた奈々子は左右を見回した。――自分の激しい息づかいで、周囲の音が聞こえないのかと思ったが、そうではなかった。

こんなに静かなの？

奈々子が意外に思ったのも当然だ。妹の久美がＴＶ局で働くようになってから、度々何かとやって来ていた。それで、この地下駐車場に、夜間でもタクシー乗場があることも知ったのだ。

しかし、こんな深夜に来るのは、さすがにめったにないことで、いつもこんな時間には人がいないものなのだろう。

といって、砂川と加納邦子はおそらくここへやって来たはずだ。そして――ガードマンを殺した人間も。

どこ？――どこにいるんだろう？

広い駐車場は、ガランとして、それでも何台かの車は停めてある。照明は点いているが、やはり夜中だからか、半分ほどが消されていて、車の間や、柱のかげは暗くてよく見えなかった。

どうしよう？　汗がふき出してくる。

階段を駆け下りたせいもあるが、どこかで消音器を付けた銃口がこっちを狙っているかもしれない、と思うと、冷汗も出てくる。

駐車場はぐるっと回って元の所へ戻るような作りになっている。——仕方ない。

どこで狙っているか分らないが、一回りしてみるしかない。

あまり足音をたてないようにはしていたが、ともかく聞こえるのは、空調らしい、かすかな唸りだけ。

足音は聞こえていると思わなければならない……。

それでも、車が停めてあれば、そのかげに隠れるようにして、奈々子はそっと進んで行った。

もし、停めてある車の中にでも潜んでいたら、中は暗いので、まず見付けられないだろう。

一歩一歩、進んで行くにつれ、心臓の鼓動がピクピクとこめかみにまで響いた。——どこにいるのだろう？

そのときだった。

駐車してあったワゴン車のかげから駆け出して来たのは、加納邦子だった。

奈々子を見ると、

「助けて!」

と、かすかな声で叫んだ。「そこに——」

次の瞬間、銃声がして、邦子は「アッ!」と声を上げてコンクリートの床に倒れた。

「加納さん!」

奈々子は駆けつけようとしたが、自分も撃たれるかもしれないと思うと、車のかげから出て行けなかった。

「助けて……」

邦子は脇腹を押えて呻くと、
と、奈々子の方へ手を伸した。

すると——。

「お姉ちゃん!」

という声がして、奈々子は息を呑んだ。

「久美? どこにいるの?」

「お願い! 出て来ないで!」

と、久美がそのワゴン車の向うから叫んだ。

「あの人が殺される！」

あの人、とは砂川のことだろう。

殺人者は、ここで砂川と加納邦子を追いつめたのだ。さらに、そこへ砂川のことを心配した久美がやって来た。

「久美！　あんたは大丈夫なの？」

と、奈々子は呼びかけた。

「妹を助けたかったら、言う通りにしろ！」

男の声がした。

「お姉ちゃん、お願い！」

「分ったわ。どうしろって言うの？」

「警察を呼んだか」

林が武川刑事へ連絡しているはずだ。

「こっちに向ってるわ」

と、奈々子は言った。「逃げられないわよ」

「逃げるさ。逃げられなかったら、妹もその恋人も殺す」

「やめて！」

と、奈々子は叫んだ。「どうしろって言うの？」

「警察を違う方へ誘導しろ。この車で出て行く。邪魔させるな」

「でも……」

「お姉ちゃん！　西出口の方へ、と言って。この反対側で、こっちは目につかない」

奈々子はためらったが、今は久美の命が大切だ。

「分ったわ。待って」

奈々子はケータイを取り出すと、林へかけた。すぐに林が出ると、

「どこにいるんだ？」

と訊いた。

「お願い、聞いて！　武川刑事さんには――」

「連絡した。パトカーがこっちへ向ってるはずだ」

「武川さんに、西出口へ向ってくれと言って！」

「何だって？」

「西出口！　そっちへパトカーを向かわせて」

少し間があったが、林は、

「分った」

と言った。「すぐ連絡する」

「お願いよ」

奈々子は通話を切ると、「――ちゃんと伝えたわ。妹を放して！」

と呼びかけた。

「誰がそんなことをするか。久美の代りに私を人質にして！　同じことでしょ！」

「そんな――。じゃ、久美の代りに私を人質にして！　同じことでしょ！」

と、奈々子は叫んだ。「今出て行くから。そっちへ行くから」

「やめて、お姉ちゃん！」

「久美――」

「あの人を――砂川さんを助けてあげて！　この車のかげで、撃たれて倒れてるの。早く手当しないと出血で死んじゃう」

「でも、久美――」

「私が車を運転するの。お願い、言われた通りにして」

ワゴン車のライトが点いて、車が動き出した。運転席に妹の姿を見ると、奈々子はたまらず車のかげから通路へと飛び出した。

「お姉ちゃん、やめて！」

車が奈々子の方へ向く。ライトがまぶしく奈々子を照らした。

今までワゴン車の停っていた所に、砂川が倒れているのが見えた。

「助けて……」

と、加納邦子がかぼそい声で言った。

邦子は、ワゴン車と奈々子の間に倒れている。このままではワゴン車にひかれてしまう！

奈々子は邦子へ駆け寄ると、抱き上げるようにして、ズルズルと通路の端へ引きずって行った。コンクリートの上に、血の帯ができた。

「少し我慢して！　すぐ助けが来るから」

と、奈々子は言った。

「車を出せ！」

助手席に座った男が命令した。

奈々子は車の前に進み出ると、ハンドルを握っている久美を見つめた。

「お姉ちゃん、どいて！」

と、久美が叫んだ。

「車を出せ！」

と、男が怒鳴った。「構わねえ！　ひき殺せ！」

その言葉を聞いて、奈々子の顔が紅潮した。

――殺したのだ。中尾ルリも、保本妙も。

人を殺すことを何とも思わない。そういう男を、便利に使っている人間がいる。

そう思うと、奈々子の奥底から激しい怒りがこみ上げて来た。それは、銃口への恐怖を圧倒する勢いで、燃え上った。

「ひき殺せるもんなら、ひいてごらん！」

と、奈々子は男に向って言った。「人をひいた車で逃げられると思ってるの？　すぐ捕まるわよ！」

「ふざけやがって」

男が助手席の窓から身を乗り出して、銃口を奈々子へ向けた。

「やめて！」

と、久美が叫んだ。「車を出すから！　撃たないで！」

久美が――アクセルを踏んだ。

ワゴン車が猛然と走り出した。――後ろへ向って。

そしてワゴン車は真直ぐにバックして、大きなコンクリートの柱に激突した。

ガラスが砕け散った。衝突のショックで、男の手から拳銃が床へ飛んだ。

「――畜生！」

男がドアを開けて、転り出た。「何しやがる！」

衝突で、どこかに頭を打ちつけたのだろう。車から出ても、フラフラとよろけている。

奈々子は、床に落ちた拳銃へと走った。男の手に持たせてはいけない！

だが、奈々子は床に広がった加納邦子の血だまりに踏み込んで、滑った。床に転倒する。

「――残念だったな」

男は、額を切った傷から血を流しながら、拳銃を拾い上げると、起き上った奈々子へ銃口を向けた。

「撃ちなさいよ！」

と、奈々子は男をにらんで、「あんたなんか怖くないわ！」

カッとなると抑えがきかなくなる。銃口が真直ぐにこっちを向いているのを見ながら、

「久美、早く逃げて！」

と、心の中で叫んだ。

「やかましい奴だ」

男が引金を引こうとした。そのとき、

「待て！」

と、声がして、男に向って飛びかかったのは林だった！

「林さん！」

と、奈々子が叫ぶのと、銃声がするのと同時だった。

林は男に正面から抱きついていた。――奈々子は立ち上って、

「林さん！」

と駆け寄った。

林が男へのしかかるようにして、押し倒した。拳銃がコンクリートの床へ滑り出る。

奈々子は拳銃を拾い上げた。

「林さん――」

林が仰向けに床に転った。――奈々子は息を呑んだ。

林のお腹が血に染っている。

「早く……逃げろ」

と、林は呻《うめ》くように言うと、意識を失ったようだった。

「林さん……」

奈々子は、床に頭を打ちつけて唸っている殺人者へ向くと、拳銃を両手でしっかりと構えた。

「おい……。殺すつもりか」

と、男が目を開けて、「人を撃てるのか？」

「殺しゃしないわ」

と、奈々子は言った。「あんたから聞くことがいくらもあるからね。でも――」

引金を引いた。弾丸は男の太股を貫いた。

「ワーッ！」

と、男が叫んだ。「やめてくれ！　助けてくれ！」

「あんたが殺した人たちは、もっと痛かったのよ！」

奈々子は、林の上にかがみ込んで、「林さん！　死なないで！　だめよ、死んじゃ！　林さん！」

と、叫んだ。

「砂川さん！　しっかりして！」

久美がワゴン車を降りて、倒れている砂川へと駆け寄った。

「誰か……助けて」

と、邦子が声を上げる。

「痛《いて》え！　何とかしてくれ！」

と、殺人者が泣き出した。

直後、駐車場へ武川刑事と警官たちが駆け込んで来た。

そのとき、駐車場の中には、奈々子と久美の「死なないで！」という叫び声、邦子の救いを求める声、殺人者の泣き声が、一緒になって響き渡っていたのだった……。

「何か音がしなかった?」

と、ガウンをはおった女が言うと、ベッドの中の湯川は伸びをして、

「気のせいだろ」

と言った。「このマンションは誰も知らないんだ。入れる奴はいない」

「そう? でも……」

「まだ時間がある。もう一回、どうだ?」

ニヤつきながら、湯川は手を伸した。

「もう……。でも、夕方よ。そろそろご出勤なさった方がいいんじゃない?」

そう言いながら、女はベッドの方へ寄って行った。

湯川に手をつかまれ、引き寄せられるのを、女は拒まずにされるままになっていたが
——。

エヘン、と咳払いが聞こえて、女は、

「キャッ!」

と飛び上った。

ベッドルームの入口に立っていたのは、奈々子だった。

「おい、何してるんだ!」

と、湯川が起き上る。

「お邪魔して申し訳ありません。でも、服を着られた方がいいと思いまして」

「何だって？」

「お待ちしていますよ」

と、奈々子の後ろから顔を出したのは、「N署の武川といいます。こちらの部屋に何人も控えておりますので」

「おい……。どうしてここが……」

と言いかけて、「――分った。仕度するから待て」

「あなたもね。記憶を取り戻したらしい、矢吹ミカさん」

「私、関係ないわよ」

と、ミカは急いで言った。「この人とは今日会ったのが初めて。誘われて遊んだだけ。そんなの犯罪でも何でもないでしょ？」

「早く服を着ろ」

と、湯川が不機嫌そうに言った。「――ドアを閉めといてくれるか」

「はいはい」

奈々子がドアを閉める。

「畜生……」

湯川は舌打ちした。このマンションに刑事が来たということは、雇った殺し屋がしくじったのだろう。

しかし、奴が何と言おうと、

「そんな男は知らない」

で通せばいい。

「そうだ」

服を手早く着ると、ケータイをつかんで、〈ABカルチャー〉の朝井社長へかけた。

「もしもし」

「朝井か。こっちへ警察が来た。そっちは大丈夫か」

と、湯川が訊くと、少し間があって、

「あの……今、警察がうちへ来て家宅捜索中です」

「そうか。パソコンを壊せ！　言っといただろう、もし手が入ったら、真先にパソコンを——」

すると他の声が、

「パソコンは押収しました」

と言った。「では、このケータイも押収します」

——湯川は首を振って、

「こうなったら……」

すべてを〈ABカルチャー〉の朝井がやったことだと主張するしかない。粘っている間に、政治家に手を回して、うまく片付けてもらおう。

「――お急ぎ下さい」

と、奈々子がドア越しに言った。

「あの女……」

「あなた、ああいう女はどうにでもなる、って言ったじゃないの」

と、ミカは言った。

「俺の目も狂うことがあるのさ」

と、湯川は肩をすくめた。

「俺の魅力に参らない女なんかいない、とか言っちゃって。やっぱり、自意識過剰よ」

「大きなお世話だ」

「ね、私、あなたのことなんか知らないからね。そのつもりでね」

「話がそれで通じると思ってるのか?」

「でも、そう言い張るわ。殺人の共犯なんかにされたくないもん」

「ま、好きにしろ」

湯川は上着を着ると、ちょっと胸を張ってベッドルームを出ようとした。

「ちょっと」

と、ミカが言った。

「何だ？」

「お金、ちょうだい。この先、もらえるかどうか分んないでしょ」

「分った」

湯川は札入れから一万円札を何枚か抜いて渡すと、「余計なこと、しゃべるなよ」

「何にも知らないもの」

と、ミカは強調して、「ね、髪の毛、寝ぐせがついてる」

――湯川はドアを開けて、

「お待たせしました」

と、リビングの方へ出て行った。

刑事たちが一斉にベッドルームへ入って行く。リビングの中はすでに捜索が進んでいた。

「捜査令状です」

と、武川が書類を示して、「あなたにもじっくりお話を伺いませんとね」

「弁護士を呼びました。同席の上でないと一言もお話できませんね」

と、湯川は言った。

「ひどい人」

と、奈々子は言った。「でも、プロの殺し屋さんにしては、痛いのに弱くてね。あなたに雇われて、中尾ルリや保本妙を殺したことを認めたわ」

「そんな男の話が信用できるのか？　証拠もなしには僕を取り調べることはできないよ」

と、湯川は平然と言った。「人を殺させたって？　君こそ、課長のポストを奪って、古田を自殺へ追い込んだじゃないか」

奈々子は首を振って、

「よほどつらの皮が厚いのね」

と言った。「でもね、加納邦子さんも重傷だけど、命は取りとめた。あの殺し屋さんも大分腕が落ちたのね」

「何の話か――」

と言った湯川が言葉を切った。

部屋へ入って来たのは、M病院の浜口泰子だったのだ。

「娘のレミが救い出されたの」

と、浜口泰子が言った。「薬で中毒になりかけてたけど、まだ何とかなるわ。ひどいことして！　あなたを殺してやりたい」

燃えるような憎しみの目を向けられると、さすがに湯川も目をそらした。

すると、一緒にベッドルームから出て来た矢吹ミカが、

「あの……私、もう帰っていいでしょ？　私、関係ないんで。たまたまこの人と寝ただけで……」

と言った。

「呆れたわね」

と、浜口泰子が言った。「私、この湯川に言われて、あんたを殺そうとしたのよ」

「そんな……」

と、ミカはちょっと笑ったが、湯川の顔を見て、「――本当に？」

「新しいドラッグの試験台に使おうとしたら、この子が逃げ出して。でも、湯川になだめすかされて戻って来たんでしょ？　だけどそのとき、湯川があんたの口をふさいだ方がいいと思って、注射で殺せって……。この滝田さんの機転で、殺さないですんだのよ」

泰子の言葉に、ミカは、

「そうだったのか……。で、私のご機嫌取る方にやり方を変えたのね」

「な、ミカ。お前には散々いい思いさせてやったろ？　余計なこと言わないで黙ってろ。ちゃんと面倒みるから」

湯川の口調に焦りがにじんだ。

「諦めなさいよ」

と、奈々子が言った。「加納邦子さんを殺そうとしたと分って、朝井社長も、何もかもしゃべってる。殺人の共犯はごめんだってね」

さすがに、湯川は青ざめた。それでも、

「いいか。〈P商事〉は今の官房長官が顧問になってるんだ。〈P商事〉に手を出したら、ただじゃすまないぞ」

と、強がって見せた。

「往生ぎわの悪い奴！」

と、奈々子はムッとして、「私の大事な林さんに、あんなひどいけがさせて！」

奈々子は武川刑事の方へ、

「ちょっと長めに瞬きしていてもらえますか？」

「いいでしょう」

と、武川が肯く。

奈々子が拳を固めると、思い切り湯川の顔面に叩きつけた。

湯川が床に一回転して、呻き声を上げ、のびてしまった。

「――自主的に転んだ、ということで」

と、武川が言った。「足下には用心しないといけませんね」

エピローグ

「田中一郎？　誰、それ？」

と、久美が言った。

「私も初めて聞いたの。あの〈殺し屋〉さんの名前だって」

「へえ……。何か凄みのない名前だね」

「まあね。でも――中尾ルリも保本妙も殺された……」

と、奈々子は言った。

姉妹は、病院の地下にある喫茶室に入っていた。

それぞれ、「大事な人」が入院しているのである。林はそうひどくなかったのだが、砂川の方は出血がひどく、しばし生死の境をさまよったものの、何とか命を取りとめた。

「でも、〈ABカルチャー〉、どうなっちゃうんだろ」

と、奈々子はコーヒーを飲みながら、「社長が逮捕じゃね」

湯川は朝井を引き込んで、海外へ、それも貧しい地域へ教育のための文房具を輸出するという事業を展開、その文房具に紛れて、武器や違法ドラッグを輸出しようとしていた。

湯川はもちろん逮捕されたが、

「商社は、必要とされれば、どんな物でも売るのが仕事だ」

などと言い張っているらしい。

「そのドラッグを仕入れるのに、浜口泰子さんを利用していたのね」

と、奈々子は言った。

「お姉ちゃんが殺されなくて良かった」

と、久美は言った。

「喜んでくれる？」

「当り前だよ。砂川さんとのこと、お姉ちゃんの力がないと、まとまらない」

「あのね……」

砂川が重傷を負って、妻の恵子は、

「夫の面倒を一生みてくれるなら、別れてあげる」

と、久美に言って来た。「その代り、家、財産、全部いただきます」

久美も若い。そう言われると、

「トイレットペーパーまでさし上げます！」

と言ってしまった。

「砂川さん、復帰できるの？」

と、奈々子は言った。

「してもらわなきゃ！　何が何でも！」

この迫力なら大丈夫かもね、と奈々子は笑って思った。

「林さん、すっかり話題の人ね」

と、久美が言った。

「そうね」

命がけで奈々子を守った〈滝田克夫〉は、ヒーロー扱い。収録途中のドラマの中でも、

「車にひかれそうになった子供を助けてけがをした」という設定で、しばらくお休み。

その後、ドラマに戻ることになっている。

林の病室には、毎日のようにTV局のプロデューサーが訪れている。

「どうせ芸名〈滝田〉にしてるんだから、そのまま結婚しちゃえば？」

と、久美に言われて、

「そんな単純な話……」

と、苦笑している奈々子だった。

でも――奈々子は思う――今、私たちはこんな話をして笑っていられるけど、中尾ル

リも保本妙も、死んでしまって、笑うこともできないのだ。

もっと早く——もっと私が気付いていたら……。

中尾ルリは湯川に誘われるままに遊びの相手をして、湯川の企みを聞いてしまった。

それを奈々子にしゃべろうとして、殺されてしまったのだ。ルリも、そんな大変なことだとは思わなかったのだろう。

「私たち、運が良かっただけなのかも……」

と、奈々子は呟くように言った。

すると、

「あ、ここにいた」

と、声がして、喫茶室に入って来たのは、奈々子の部下の岩本真由。

「あら、真由ちゃん。何かあった?」

「会社、大騒ぎですよ」

そりゃそうだろう。社長が捕まっているのだ。

「でも、〈P商事〉の方で、責任感じてるみたいで、〈ABカルチャー〉再建の支援してくれるらしいです」

「じゃ、潰れないですむ? それなら助かるけどね」

「あ、それで、さっき会社にこの子が……」

真由の後ろについて来た少女。

「古田清美です」

と、奈々子に一礼した。

「あ、課長の……」

「あなたのこと、恨んでましたけど、本当のことが分って。すみませんでした」

「いえ、分ってもらえればいいのよ」

と、奈々子はホッとして言った。

「それでお願いが」

「私に？」

「〈ABカルチャー〉に、アルバイトで雇って下さい！」

「え……。でも……」

「お母さん、まだ入院してるし。私、働かないと」

「あなた十六でしょ？　親戚とか色々――」

「でも人に頼らずに生きていきたいんです！」

「気持は分るけど……」

と、奈々子は口ごもって、「でも、ほら、私、ただの課長で、アルバイト雇うとか、そういう立場じゃなくて……」

「でも、奈々子さん」

と、真由が言った。「〈P商事〉から――」

「え?」

奈々子のケータイにメールが来た。「ちょっと待ってね」

メールを見て、奈々子は面食らった。

「〈P商事〉からメールだわ」

〈滝田奈々子殿
私ども〈P商事〉は、〈ABカルチャー〉再建に当り、次期社長に貴君が適当と判断いたしました。明日午前十時に〈P商事〉本社までお越し願いたく……〉

え? ――え?

「これ、ジョーク?」

「じゃないみたいですよ」

と、真由が言った。「会社にも通知が来てます」

「冗談じゃない! 私……」

これで安心して林さんと恋人同士のお付合ができると思ったのに……。

「〈ABカルチャー〉のためですよ」

と、真由がなだめるように言った。

「ちょっと待ってよ」

と、奈々子はため息をついて、「私、仕事ひとすじの人生なんて、いやだからね！」

本書は二〇二〇年二月に小社より刊行した同名作品の文庫化です。

双葉文庫

あ-04-56

恋《こい》ひとすじに

2023年3月18日　第1刷発行

【著者】
赤川次郎《あかがわじろう》

【発行者】
箕浦克史
【発行所】
株式会社双葉社
〒162-8540 東京都新宿区東五軒町3番28号
［電話］03-5261-4818(営業部)　03-5261-4831(編集部)
www.futabasha.co.jp（双葉社の書籍・コミックが買えます）
【印刷所】
大日本印刷株式会社
【製本所】
大日本印刷株式会社
【カバー印刷】
株式会社久栄社
【DTP】
株式会社ビーワークス
【フォーマット・デザイン】
日下潤一

ISBN978-4-575-52648-6 C0193
Printed in Japan